मधुर वाणी

AF884273

Sarvatra
An imprint of Manjul Publishing House

Sarvatra
An imprint of Manjul Publishing House
◆ द्वितीय तल, उषा प्रीत कॉम्प्लेक्स,
42 मालवीय नगर, भोपाल-462 003
◆ सी-16, सेक्टर 3, नोएडा, उत्तर प्रदेश, 201301
वेबसाइट : www.manjulindia.com

यह संस्करण 2022 में पहली बार प्रकाशित

मधुर वाणी

ISBN 978-93-5543-144-8

मुद्रण व जिल्दसाज़ी : रेप्रो इंडिया लिमिटेड

मधुर वाणी

समर्पण

मधुरवाणी परिवार की दो सशक्त नारियों को समर्पित है -
श्रीमति विद्यावती एवं श्रीमति माधुरी कौल

आभार

समस्त परिवार के सदस्यों का आभार जिन्होंने अपने अपने तरीके से इस कविता एवं कहानी संग्रह में अपना योगदान दिया। किंतु कुछ लोगों के सहयोग के बिना यह प्रयास संभव ही नहीं था। सबसे प्रमुख हमारी आदरणीय मौसी जी श्रीमती कोमल वर्मा जिन्होंने इस संग्रह में रुचि दिखाई, डॉ श्रीमती लेखा वर्मा जिन के सहयोग के बिना तो परिवार का कोई भी कार्य पूर्ण हो ही नहीं सकता, श्रीमती अलका कुमार जो हर रूप से इस संग्रह की स्तंभ हैं। पर्व प्रांजल जिन्होंने आवरण चित्र, अन्य चित्रों व तकनीकी रूप से इस संग्रह में अपना योगदान दिया।

सभी को मेरा आभार।

भूमिका

इस संग्रह में अनेकों भाव हैं वस्तुतः यह एक कविता संग्रह है किन्तु कुछ लघु कहानियों को जोड़ कर इसे एक सम्पूर्ण पारिवारिक संग्रह के रूप में प्रस्तुत किया जा रहा है। पारवारिक संग्रह संभवतः एक नया प्रयोग है, हो सकता है पहले भी किसी ने इस तरह का संग्रह प्रकाशित किया हो किन्तु इस तरह से प्रस्तुत तो नहीं किया होगा। यहाँ सब कवि और लेखक एक ही परिवार से हैं इस तरह से यह केवल साहित्यक ही नहीं बल्कि ऐतहासिक भी बन जाता है, आने वाली पीढ़ियों को अपने पूर्वजों के कई पहलुओं से परिचित कराएगा।

कविता प्रकृति का स्वरुप है, एक अतुलित आनंद जो नीरस मन को विभोर कर देता है। मन में उठते भाव अगर शब्दों में पिरो दिए जाएं तो वो लेखनी का रूप ले लेते हैं, भाव जितने गूढ़ होंगे लेखनी उतनी ही गहरी होगी, शब्द जितने सुन्दर होंगे उतने ही मन को छुएँगे। गूढ़ भाव और सुंदर शब्दों का संगम संयोग से होता है, अगर इसमें सुर मिल जाए तो सोने पे सुहागा हो जाता है। ऐसा कौन होगा जिसके मन में भाव न उठते होंगे, मैथलीशरण गुप्त की आधी पंक्ति का सहारा लेते हुए, 'जो भरा नहीं है भावों से बहती जिस में रसधार नहीं वो हृदय नहीं है पत्थर है...' पत्थर का हृदय तो किसी का नहीं होता। बात अब शब्दों की है, उसका समावेश तो कहीं न कहीं से हो ही जाता है। फिर मन के भावों को गुनगुनाने में संकोच कैसा?

इस संसार में जन्मा हर प्राणी अपनी एक अलग पहचान रखता है, उस पहचान को चिह्नित करना उसका दायित्व है। इसी दायित्व को साकार करने का एक प्रयास है यह संग्रह।

—पंकज कुमार

अनुक्रम

भाग एक
कविताएँ

गिरीश चंद्र वर्मा 'दोषी'

श्री गिरीश चंद्र वर्मा का जन्म लखनऊ में 1936 में हुआ था, वो भारतीय रेलवे में कार्यरत रहे और 1994 में वहां से सेवानिवृत्त हुए। उसके दस साल बाद उन्होंने कविता लिखना आरम्भ किया, उनके अनेकों काव्य संग्रह प्रकाशित हुए, जिनको बेहद सराहा गया और अनेकों बार सम्मानित किया गया। उनकी पत्नी श्रीमती कोमल भी कविताओं में रूचि रखती हैं। उनकी तीन बेटीयां हैं।

1.

चांदनी

मन विवश हो पूछता है, चांदनी तू क्यों खिली है
रात्रि की दुर्दांत घटनाएं मुखर होती हैं दिन में
देव तो असहाए होकर रह गए, दानव बलि हैं
कुकृत्य कुछ ऐसे हुए हैं, शीश लज्जा से झुके हैं
रात्रि अपराधों की जननी, चांदनी तू क्यों खिली है।

सूर्य ने किरणें समेटीं, वह कदाचित थक गया है
संकेत यह उसका धरा पर, लालिमा उसकी ढली है
है हृदय मानव का पीड़ित, देख कर अवसान उसका
क्या नहीं तुझको व्यथा कुछ, चांदनी तू क्यों खिली है।

ऐसा न हो घर का अँधेरा, सोई व्यथा मन की जगाए
दूर करने को अँधेरा, दीप की बाती जली है
साँझ होने पर दिये ने, धैर्य था मन को बंधाया
वह दीप कब का बुझ गया है, चांदनी फिर भी खिली है।

लक्ष्य था उल्लास, जब आई धरा पर थी उतर कर
खिल उठे श्रमिकों के मुखड़े, संजीवनी ऐसी मली है
फिर भी बचे हैं कुछ अभागे, जिनको न तू पहचान पाई
जल रहे विरही धरा पर, चांदनी फिर भी खिली है।

रात्रि में उतरी धरा पर, लेप शीतलता का करने
व्यक्ति हर व्याकुल था दिन में, लूट कुछ ऐसी चली है
किन्तु अब तो सो गए हैं जीव सारे ही धरा पर
जग रहा न कोई प्राणी, चांदनी तू क्यों खिली है।

अतिरेक मन में है ख़ुशी का, डाल पर इतरा रही है
पुष्प वह भी कल बनेगी, आज वो केवल कली है
इस प्रतीक्षा में न जाने, मुंद गयी कब आँख उसकी
ढल गयी है रात सारी, चांदनी फिर भी खिली है।

‘ढल गयी है रात सारी, चांदनी फिर भी खिली है’

2.

हवा का एक झोंका

हवा का एक झोंका, जो तुम्हें छूकर गया है।
न जाने कान में, क्या कह गया है।।
लालिमा रक्तिम कपोलों की, यकायक बढ़ गयी है,
लाज के बंधन में रहकर भी, बहुत कुछ कह गयी है।
मौन, इस सन्देश का, कुछ पुरवाई से पाकर,
ढांढस भले मन को बंधा हो, पीर कुछ दे कर गयी है।।

मन को अब झकझोरने को,
और क्या कुछ रह गया है।।
दे गया सन्देश झोंखा, प्रकृति की अनुपम छटा का,
तृप्त होने को है धरती, संकेत यह उठती घटा का।
चिह्न यह सारे प्रकृति के, क्या राह ही तकते रहेंगे,
तोड़ दो बंधन सभी, संकेत है मन को विभा का।।

भटके हुये मन को यही, सन्देश कुछ दे कर गया है।।
समय के मरहम ने अपनी छाप छोड़ी है हृदय पर,
घाव भरने को हृदय के, बंधन नहीं कोई समय पर।
सुधि अगर बिसरा गई है, घाव भर ही जाएँगे,
पीर पलती ही रहे क्यों, हृदय में अपनी विजय पर।।
दंश सारे शूल के मिट गए हैं, किन्तु कोई एक कांटा रह गया है।।

झींगुरों के स्वर ने फिर उन्माद मन में भर दिया है,
स्वर पपीहे का सदा ही, पीर कुछ दे कर गया है।
और भी विरही धरा पर हैं बचे कितने न जाने,
जिनके स्वरों ने मन हमारा, आज विचलित कर दिया है।।
विरह की अग्नि भी मिट जाएगी,
कान में झोंका यही कहकर गया है।।

3.

गाथा नदिया की

जन्म हुआ हिमखंडों में, पर्वत की गोद में खेली
जाने किस साथी से मिलने, शिखरों से चल पड़ी अकेली
इसका कुछ अनुमान नहीं था, राह में कितनी बाधा होगी
दृश्य मनोहारी हों कितने, नहीं राह में कहीं रुकेगी

आकलन करने अपनी क्षमता का, जब भी उसने छलांग लगाई
नाम मिला झरने का उसको, प्रतीक सौंदर्य का बन कर आई
कितने जंगल मैदानों को, चल कर पार किया दिन रात
कहीं तो मन का मीत मिलेगा, रही गूंजती मन में यह बात

साथी की आकांक्षा में, रही भागती जीवन सारा
कितना शोर मचा कर उसने, अपने चारों ओर पुकारा
किन्तु लगन थी सच्ची मन में, ढूंढ लिया अपने प्रियतम को
आर्तनाद से हो के प्रफुल्लित, बुला रहा था सागर उसको

नदियों की कलकल सुन कर, सागर ने अपने कर फैलाये
कितना हृदय विशाल है, उसमें जो चाहे समाहित हो जाये
मन को प्रभावित करती गाथा नदिया की, मानव को कितना
क्यों मानव संतुष्ट न होकर, भटक रहा है अब तक इतना

4.

जब जब मैंने चांद निहारा

जब जब मैंने चांद निहारा
कोई भूली कहानी याद आई।
उजियारे पक्ष में जब भी
नभ में पूरा चांद उभरता
मुखड़ा जैसे दूर गगन पर
लगे तुम्हारा मुझे दमकता।
श्रृंगार तुम्हारा आँख के सम्मुख
भूतकाल ही है दोहराता
मुखड़ा आज तलक है मुझको
पूर्ण चंद्रमा जैसा लगता।
बीती लंबी अवधि आज तक
कोई कमी नहीं है आयी।
जब जब मैंने चांद निहारा

5.

संस्कृति

हर आंगन तुलसी,दिया द्वार पर
यही हमारी संस्कृति है।
पश्चिमी संस्कृति में जकड़े हम
अपनी संस्कृति भूल गए।
हर भारतवासी को पड़ोसी
लगता था भाई से प्यारा।
अब भाई भाई के संबंधों के
बीच महकते फूल गए।

अनुपम कौल 'रमन'

अनुपम कौल ने बनारस हिन्दू विश्विद्यालय से इंजीनिरिंग करने के पश्चात्, ब्यूरो ऑफ़ स्टैंडर्ड्स और कॉन्फिडेरशन ऑफ़ इंडियन इंडस्ट्रीज को अपनी सेवाएं दी, वर्त्तमान में सक्रिय सेवाओं से विमुक्त होकर राष्ट्रीय एवं सामाजिक स्तर पर गुणता एवं मानकीयकरण के व्यापक एवं विविध अभिग्रहण के प्रति प्रयत्नशील हैं। अपने आप को शब्दों का लुहार कहते हैं और कविता लिखने के लिए किसी बाहरी प्रेरणा की प्रतीक्षा करते हैं।

1.

अपना अपना सागर

सागरतट की अरूणिम बेला शीतल मन्द बयार
हुआ सवेरा जागी उन्मादित लहरों की पछाड़
उड़े पखेरू निकले सीपी, नावों ने ताना पाल
जीवन भरण पोषण को बांधे मछुआरों ने जाल

तीव्र पवन में पाल उड़ाती निकली तरिणी एक
खेता दुर्बल हाथों जिसको मछुआरा था नेक
आज भरूँगा जाल मीन से लौटूं न खाली हाथ
निष्फल श्रम की तोड़ कड़ी दूँ बुढ़िया को सौगात

हुआ अदृश्य तट, सरपट पहुँची नौका गहरे ठौर
जाल फेंक बैठ गया, एक प्रहर फिर घर की ओर
खाली मन, पुरवा की थपकी, दुर्बल वयः की बान
नहीं पता कब ऊंघ गया, निद्रा की चादर तान

बीत गए दो प्रहर खुले जब, चेतन नेत्र कपाट
आग बरसती घाम, पवन स्तब्ध, तरंगें भी सपाट
अरे ये क्या जाल बिछड़ कर बहता था कुछ दूर
पाल सिकुड़ कर झूल रहे ज्यूँ दम से चकनाचूर

बैठी नैया मौन सतह पर, स्थिर सागर के बीच
बांध लिया हो फोटो में जैसे कोई चित्र को खींच
बीच समुंदर निपट अकेला, नाविक सोच हताश
जल ही जल है चतुरदिशा, फिर भी प्यासी है प्यास

अर्णव कैसा इन्द्रजाल ये, संकट में हैं प्राण
बीच समुंदर में लिखा है मेरा महाप्रयाण?
तेरी लहरों ने न जाने कितने जीवन सींचे
क्यों निष्ठुर बन आज पड़ा है अपनी अखियाँ मीचे

देव सुरों को गगरी भर अमृत रस बरसाया
जतन करूँ मैं भी पी पाऊँ मंथन की मधुमाया
और यदि उत्सर्ग समय, का है ये विधि विधान
खारे जल को क्षीरोदधि कर मुक्ति दो भगवान

सांझ का सूरज लुढ़क चला अब क्षितिज का मुख चूमे
सिन्दूरी किरणों की छतरी आसमान में घूमे
बहुरंगी सन्ध्या की आभा जल और नभ पर छाई
सागर छायापटल पर रंगों की कूची हो लहरायी

धरती की गोधूलि पर हैं कितने कविता लेख
बीच समुन्दर की सन्ध्या कितनी अद्भुत देख
छटा बदलती जादूगर का पल पल नया अजूबा
डूबा दिनकर सागर में या सागर रस में डूबा

तरणि तरंग में तर गई तरिणी अन्तर हार
मैं भी पार लगूं वैतरणी मेरे तारणहार

निशा की चादर फैल चली, सविता की बिजली काट
डर मत नाविक यहाँ नहीं मनुष्यता की घात
देखो ध्रुव तारा हर नाविक का संगी साथी मीत
ब्रह्म गुरु सा राह दिखाता दिशा भ्रम को जीत

धवल चांदनी खेल रही लहरों संग आँख मिचौली
कभी रूपहली मीन उछल कर बरबस करे ठिठोली
निर्जन, बिरहा, तमस नहीं ये तो जीवन के लक्षण हैं
पयोनिधि के जल से कितने प्राणों का तर्पण है

भूमि के स्वामित्व की मद में मानुस इतराता है
धरती के टुकड़े कर उसके मोह में प्राण गवाँता है
जल के अन्तर का जग सबका, न सीमा न हाता है
जिसमें जीवन मंजुल सहचर और आमोद समाता है

भूतरिणी के नाविक ओ भवसागर के स्वामी
सागरमयी करो सब दुनिया निष्पापी निष्कामी
भरा प्रेम नाविक के दिल में और नहीं अब चाह
सब जीवों को दे दो भगवन सहअस्तित्व की राह

अरे ये कैसी दिव्य प्रभा आसमान में आयी
ब्रह्म दीप्ति है या मेरे ही अन्तर की ज्योति छाई
ये कौन मेरे मुख को शीतल थपकी दे सहलाये
प्राण फूंक नैया के पाल परचम सा लहराये

दिव्य शक्ति सा पवन झकोरा सरपट भागे नैया
बांधे पीछे जाल समोये भर भर कर जलपरियां
नतमस्तक अश्रु भर नाविक क्या है ये वरदान
अज्ञानी मैं रत्नाकर तू दर्शन निधि की खान

नाविक मैं, पर पार लगाता महा नाविक कोई और
हर नैया का एक खेवैया हर कश्ती का ठौर
मैं हत बुद्धि भवसागर के भेद से हूँ अनजान
रहूँ, सधर्मी दे दो इतना जीने का संज्ञान।

2.

सुनामी

बरसों से सहज सागर की
आदत सी हो गयी थी
रेत पर उठती गिरती लहरें आयी हैं तो लौट भी जायेंगी
और उछलेंगी अगर तो खेल बना कर
हो जाऊँगा उनपर भी सवार
दौड़ूंगा सागर की छाती पर मोटरबोट से डोर को बांध

और कभी गगन छतरी पर झूलूँ आकाश को लांघ
मालूम है, ज्वार उठेगा तो हट जाऊँगा कुछ कदम
तट का सागर ही तो है, तनिक ज्यादा तनिक कम
फिर एक लहर वह आयी!
फिर एक लहर वह आयी!
कुंभकर्णी नींद से ज्यूँ जागा हो कोई

गगन भेदी गर्जन, विहंगो का क्रन्दन
चला आ रहा जैसे पानी में पर्वत
कुस्वप्न है, या किसी मायावी की कल्पना विलक्षण
क्या कहूँ रेत पर घर बनाते बच्चों से
कमर तक पानी में नहाते परिवारों से
कुछ न होगा, सागर ही तो है, बरसों से शांत,

पर नहीं, लगता है आज सचमुच कोई बांध फटा है
सदियों से दबी सिमटी धीरज की टूटी है सीमा
सैलाब है, अनुस्मारक प्राकृत शक्ति का
कौन बचेगा, कौन मरेगा ये उसका कर्म चक्र है
मैं तो सागर हूं, सदियों में एक सुनामी ला

इंसान के सामर्थ्य की सीमा का परिचय कराता हूँ
हाँ तुमने ठीक कहा
वैसे मैं वही हूँ, जिसकी तुम उपमा देते हो
धीर, गम्भीर, शांत

3.

वजूद

तपिश है, तो ज़माने को बदल
खुद अपनी ही आग में न जल जाया कर।
ज़माने से कहते हो, बदलेंगे ये दिन
कभी मुझको भी यूं भरमाया कर।
माना हमारा रिश्ता तेरे ही दम से है,
मुझको कभी कभी तो आज़माया कर।
यादें हैं, तो तड़पायेंगी
न मानें गर, तो लड़ जाया कर।
मैंने मिट्टी से पूछा तेरा वजूद क्या है,
बोली माँ हूँ, कभी मिल जाया कर।

डॉक्टर लेखा वर्मा

रेकी ग्रैंडमास्टर, एम ए (हिंदी साहित्य), बी एड। बीस सालों तक अनेकों विद्यालयों में शिक्षिका के रूप में कार्य करने के पश्चात, अपना स्वयं का स्कूल खोला व सफलतापूर्वक 10 सालों तक चलाने के बाद निजी कारणों से उसे दूसरों को सौंपना पड़ा। साहित्य में विशेष रुचि रखते हुये, अनेकों कविताओं का सृजन कर, अब अपना स्वयं का काव्य समूह 'उमंग' के नाम से शुरू किया है। इसके वीडियो यू ट्यूब पर देखे जा सकते हैं।

1.

चाहत

नज़र के सामने आओ,
मुझे कुछ बात करनी है,
तुम्हारे गेसुओं के संग,
शरारत थोड़ी करनी है।

पलक उठती नहीं तेरी,
नज़र उठती नहीं तेरी,
लबों के बंद ताले में,
शिकायत बंद है तेरी।

ज़रा चिलमन हटा दे तू,
झलक अपनी दिखा दे तू,
मेरे उदास गीतों को,
मधुर आवाज़ दे, दे तू।

अकेला हूँ मैं जीवन में,
तुम्हें ढूंढू मैं गीतों में,
नज़र आईं नहीं हो तुम,
मेरी ग़ज़लों, रुबाइयों में।

चाहत है यही मेरी,
बसंती बयार सी आओ
सूनी है नज़र मेरी,
धवल ज्योति से तुम आओ।

2.

मीरा के गिरधर गोपाल,
तुलसीदास के राम,
सूर ने देखो कृष्णा को,
मेरो कौन आधार।

मन तो भटकत रहत है,
कभी गणपत, कभी श्याम,
राधा का समर्पण भाए,
कबहुं सीता का त्याग।

भरत से भैया मोको भावें,
सेवक हनुमत जैसे,
नंद बाबा से बाबा होंवे,
भय लागे फिर कैसे।

देवर होंवे लक्ष्मण जैसे,
भगिनी उर्मिल भाँति,
मैया तो यशोदा जैसी,
मातुल न कंस की भाँति।

भीम से बलवान होंवे,
राम जैसे शांत,
कन्हैया जैसी बंसी बजावें,
मेरे पालनहार।

माखन मिश्री खाए वाले,
नन्हे नन्द गोपाल,
ठुमक चलत पैंजनिया बाजे,
दशरथ होएं निहाल।

ऐसों लालन हमरो होए,
जैसों अंजनि कुमार,
आँख मींच निशाना साधे,
लागे पांडु कुमार।

ऐसा क्या होए है जग में,
सब कुछ मन भावन ही पाएं,
घृत घृत हम ही ले लेंगे,
तो छाछ कहां को जाए।

3.

सावन में आया है मेघों का लश्कर,
गरजता, बरसता, कड़कता है आकर,
जगाता है आशा मिटाता है हर ग़म,
मयूरों को नर्तन कराता है हरदम,
धरती की तृष्णा बुझाता है जब जब,
आनंदित विटप मुस्कुराते हैं तब तब,
नदियाँ भी लहरों से करती अभिनंदन,
प्रसन्नता से कृषक करते हैं वंदन,
पंछी का गाना और सूरज छिपाना,
गर्मी से राहत, वह कजरी का गाना,
वो माटी की ख़ुशबू का दिल को लुभाना,
बड़ा मस्त है, तेरा जीवन में आना,
आभारी हैं हम सब, तेरे ऐ सावन,
बरस दर बरस, तू बरसते ही रहना,
रत्नगर्भा की तृष्णा, मिटाते ही रहना।
है प्यार जीवित ये हर साल कहना
आता है नभ से तू धरती का गहना
हर साल यूँ ही तू धरती पे रहना

ऐ सावन तू बरसते ही रहना

4.

स्वाभिमान बोला अभिमान से,
लोग मुझे अधिक पसंद करते हैं,
मैं उनको नियंत्रित रखता हूँ,
फिर भी मेरी बात मानते हैं,
अभिमान के स्वाभिमान को ठेस लगी,
ऐसा क्या है इसके अंतर में,
जो लोग मुझे नापसंद करते हैं,
मैं शीश तो सबका ऊंचा रखता हूँ,
किसी के आगे नहीं झुकता हूँ,
फिर, क्या करूं जो गुणगान हो मेरा,
सब ओर चर्चित रहूं ताज बन सबका,
राजनेताओं का साथी हूँ,
धनवानों का अभिलाषी हूँ,
और क्या चाहिए,
बलवानों का साथी हूँ।
स्वाभिमान मुस्कुराया,
भैया, मैं किसी का न तो साथी हूँ,
न मैं अभिलाषी हूँ,
जिसके अंदर धैर्य पलता,
प्रेम और करुणा से रहता,
मैं केवल उसी के दिल में रहकर,
इंसानियत पर राज करता हूँ।

5.

नदी के दो किनारे कभी मिलते नहीं,
अनवरत साथ चलते पर मिलते नहीं,
कभी दूर से देखो साथ छोड़ते नहीं,
मगर मिलने को कभी भी तरसते नहीं,
मजबूती से बांधे हैं नदी का प्रवाह,
नहीं कोई उथल पुथल केवल प्रवाह ही प्रवाह,
देखता है पथिक अभिभूत होकर,
साथ रहकर भी न मिलना कहानी अजब है,
पहाड़ों से उतरती चली आ रही है,
घाटियों में भी देखो साथ निभा रही है,
न सूरज की चाहत न चंदा की प्रतीक्षा,
झूमती मस्ती में चली जा रही है।
बलखाना कोई इनसे सीखे,
वेग की तीव्रता कोई इनसे सीखे,
सीखना है हमें आगे ही बढ़ना,
कितनी भी रुकावट हो बढ़ते ही रहना।
पत्थर के ठोकों की चिंता नहीं
कितनी भी बाधा हो रुकना नहीं है,
अंधेरा हो या हो रौशनी,
जीवन में किसी के लिए रुकना नहीं,
यही है संदेश इस प्यारी नदी का,
बढ़ते रहो सिंचित करते रहो,
जीवन में प्रेम बस
भरते रहो।

6.

रौशनी ने कहा अंधेरे से,
मैं तेरे पास आई हूँ,
सिमट जाता है जल्दी से,
मुक्ति देने ही आई हूँ,

ज़रा सोचो अकेले तुम,
क़दम कैसे बढ़ाओगे,
सितारे भी तो तुम्ही से,
मिलने हर रात आएँगे,

है चंदा छेड़ता तुमको,
कभी पूरा सताता है,
कभी नज़रें चुराकर भी,
तुम्हारा साथ निभाता है,

दिनकर तुम्हें न भाता है,
कलुष सारा मिटाता है,
अहं को तोड़ के सारा,
प्रभुत्व अपना जमाता है।

चलो हम साथ चलते हैं,
न तुम रूठो न हम छूटें,
सीमा हम बांध लेते हैं,
न तुम तोड़ो न हम छोड़ें।

7.

मेरा मन घबराता था, बार बार डराता था,
मेरी भावनाओं पर काला साया मँडराता था।
चिन्ता के दायरे में जीने की आदत थी,
अपने ऊपर हँसी का आवरण, ओढ़ने की आदत थी।
मेरा मन मुझको ही हर पल मुँह चिढ़ाता था,
दर्पण मुझको देखकर, मेरी हँसी उड़ाता था।
एक दिन अचानक ही, मेरी दुनिया बदल गई,
पँख फैलाकर, खुशी लुटाती, परी एक मुझको मिल गयी।
चेहरा उसका चमक रहा था,
आँखों से नूर बरस रहा था।
अंग अंग में उसके, प्यार का सागर लहरा रहा था।
समझ गयी मैं, यह मेरा सत्य बदलने आयी है,
मेरी कमज़ोरी को, मेरी ही ताक़त बनाने आयी है।
उसकी मुस्काती आँखों ने, प्यार मुझे सिखा दिया,
जीवन जीने की कला से, मुझको वाकिफ़ करा दिया।
अब तो हर पल, अपने पर ही रहती मेरी निग़ाह है,
साथ कभी न छूटे अपना, बस यही अरदास है।
अब तो यह दिखलाना है, हम भी ऊपर चढ़ सकते हैं,
साँसों का ले अवलम्बन, हम जीवन सार्थक कर सकते हैं।

8.

दास्तान ए मकान

बदरंग इमारतों को देखकर,
मन उदास होता है,
इतनी जल्दी कैसे रंग रोगन,
उतर जाता है,
नयी दुल्हन सी सजी देखकर,
फ़्लैट ख़रीदा था मैंने,
क्या पता था दस वर्षों में ही,
बुढ़ापा आ जाएगा इन्हें,
झुर्रियां पड़ी दीवारें,
कराहती रहती है हरदम,
टपकते नल, बहती नाक हो जैसे,
फ़र्श का तो हाल ही न पूछे कोई,
आबरू बचाने को क़ालीन,
का इस्तेमाल करते हैं हम।
कहां तक बयां करें हमारे मकान को,
तशरीफ़ लाएंगे, तब समझेंगे,
हमारे दर्द को।
खिड़की, दरवाज़े भी आपस में बात करते हैं,
पता नहीं कौन से पेड़ से, काट कर हमको बनाया है,
पेड़ों को काटते हुए यह,

भी न सोचा,
कि भार सहने के क़ाबिल है,
बिल्कुल नहीं सोचा,
हर कब्ज़ा ढीला है,
रो रो कर बयान करता है,
और कहां तक सुनाएँ,
मकान ए दास्ताँ,
बाहरी लीपा पोती पर,
न जाना दोस्तों,
एक बार का इन्वेस्टमेंट है,
सोच समझ कर घर,
ख़रीदना दोस्तों।

9.

मुझे नदिया ही रहने दो,
समंदर नहीं बनना है मुझको,
सीमा में बंधा रहने दो,
अथाह नहीं बनना है मुझको।
अपने में ही असीमित हूँ,
प्रवाह भी मेरा अपना है,
निरर्थक सोचती नहीं हूँ,
जो है, वह मेरा अपना है।
इस बात का अभिमान नहीं,
तृष्णा का सिंचन करती हूँ,
यह मेरा अभियान नही,
जल प्लावित धरती करती हूँ।
मेरे साथी वृक्षों को देखो,
कट कट कर बेहाल हुए,
पर्वत कितने त्रस्त हैं देखो,
माटी, ढोके मुझमें विलीन हुए।
सब का दुःख लेकर बहती हूँ ,
क्रोध भी कभी दिखाती हूँ,
अपनी प्यारी धरती को,
जलमग्न करती जाती हूँ।
समंदर में मिलना है मुझको,

पर क्या लेकर मैं जाऊँगी,
शीतल जलधारा कहते मुझको,
अब वृक्ष पर्वतों की व्यथा ले,
मैं सागर में मिल जाऊंगी

पुष्पा

श्रीमती पुष्पा, प्रयागराज की रहने वाली थीं, श्री कौशल कुमार से 1950 में विवाह हुआ, वह एक संपूर्ण ग्रहणी थीं। उन्होंने कभी अपनी कविताएँ न लिखीं न प्रकाशित करवाईं, केवल गीतों के माध्यम से लोगों को सुनाती रहीं

1.

शांति सन्देश

लोग मिल कर रहें रंगोबू की तरह
पंखुरी फूल की झरने पाए नहीं
युद्ध दुनिया में होने न पाए कहीं
प्रेम की शांति-गंगा बहे हर जगह
ख़ून का कोई दरिया बहाए नहीं
युद्ध दुनिया में होने न पाए कहीं
न शोषण किसी का कोई कर सके
और कोई किसी को सताए नहीं
युद्ध दुनिया में होने न पाए कहीं
सीख गाँधी की माने सदा हर कोई
बुद्ध ईसा की बातें भुलाए नहीं
युद्ध दुनिया में होने न पाए कहीं
प्रेम का राज्य हो प्रेम से सब जगह
नाम नफ़रत का होंठों पर आए नहीं
युद्ध दुनिया में होने न पाए कहीं
पास अपने जो है वह ग़नीमत समझ
ग़ैर की चीज़ पर हक़ जमाए नहीं
युद्ध दुनिया में होने न पाए कहीं
गर बना न सके फिर नया पुल कोई
जो बना है उसे तो गिराए नहीं

युद्ध दुनिया में होने न पाए कहीं
धर्म अच्छा है लेकिन तभी तक कि जब
एक को दूसरे से लड़ाए नहीं
युद्ध दुनिया में होने न पाए कहीं
लोग मिल कर रहें रंगोबू की तरह
पंखुरी फूल की झरने पाए नहीं
युद्ध दुनिया में होने न पाए कहीं

2.

देश के रक्षक

देश के रक्षक होते हैं महान उनसे ही बचा है हिंदुस्तान
चाहे हो बर्फीली चोटी या हो तपता रेगिस्तान
सीमाओं की रक्षा करते, करते अपने को कुर्बान।
भय इनको छू नहीं पाता, कठिनाई का जीवन भाता
बम - गोलों की वर्षा में भी बढ़ते रहते सीना तान।
हर विपदा में आगे आते, पीड़ित जन की जान बचाते
भूचाल - सुनामी कुछ भी हो
बाढ़ हो या तूफ़ान।
मुल्क की ख़ातिर खून बहाते तब हैं वे खुश होते,
वे जग कर पहरा देते हैं तब हम चैन से सोते,
ऐसे वीर बांकुरों का सदा करो सम्मान।

3.

धड़कन यह कहती है टूटे न दिल किसी का,
हुआ है मुश्किल सफर जिंदगी का।
टूटे चाहे मंदिर, टूटे चाहे मस्जिद,
पर न टूटे दिल किसी का,
यह दर और दीवारें फिर से जुड़ जाएंगी,
पर जतन है क्या कोई, जो जुड़े दिल किसी का,
हुआ है मुश्किल सफर जिंदगी का।
यह आत्मा ही परमात्मा का अंश है,
बुझाया जो इसका दिया आरती का।
न क्रूरता हम किसी से करें,
न क्रूरता हम किसी की सहें,
इंसान हैं हम बस धर्म है इंसानियत,
धड़कन यह कहती है टूटे न दिल किसी का।

4.

तुम ही हो सृष्टि के रचयिता,
तुम ही हो पालन करता।
तुमने कितने सुंदर नियम बनाए,
कितनी सुख दीं सुविधाएं।
सूरज की किरणों का दिया उजाला,
चंदा की चमक चांदनी,
गंगा यमुना जैसा निर्मल जल,
वर्षा की हरियाली,
फूलों की महक की फुलवारी,
कण-कण में व्याप्त प्रभु तुम ही हो,
तुम ही सबके स्वामी।
सुनते हैं तुम्हारी इच्छा के बिना
हिलता नहीं एक भी पत्ता।
फिर मानवता के उर में क्यों भर दी
यह कपट कुटिल हवस लोभ लालच की दुष्ट कामनाएँ।
प्रभु अब तुमसे क्या कहना
तुम तो हो अंतर्यामी।
बस मन में पीर रहे नैनों में नीर रहे
हर सांस में प्रभु तेरा संगीत रहे
हरे रामा हरे कृष्णा हरे कृष्णा हरे राम।

कोमल वर्मा

श्रीमती कोमल वर्मा श्रीमती पुष्पा की छोटी बहन हैं उनका विवाह लखनऊ निवासी श्री गिरीश चंद्र वर्मा से हुआ, वह एक पूर्ण ग्रहणी हैं और कुछ ही कविताएँ लिखी हैं, जो अभी तक कहीं भी प्रकाशित नहीं हुई।

1.

पाती सीता की राम के नाम

कम्पन अधरों पर, सजल नयन से
जंगल बीच खड़ी सीता,
सोच रही मन ही मन में
भला कहां अब मैं जाऊँगी?
क्या लिखा है मेरे भाग्य में
लिखा भाग्य का मिटा पाऊँगी?
चाह न जीने की कोई,
गर्भ में शिशु के कारण
मर भी न पाऊँगी
एक दानव ने हरण किया
फिर भी उचित सम्मान दिया,
अग्नि परीक्षा लेकर भी तुमने
किन्तु मेरा परित्याग किया।
मर्यादा पुरुषोत्तम कहलाते हो
क्यों मर्यादा का उपहास किया?
बच्चा पिता को पूछेगा जब
तब क्या उत्तर दे पाऊँगी?
श्राप तो तुमको दे न सकूँगी
पर सम्मुख कभी न आऊँगी।
जन्म लिया जब धरती से
उसमें ही मैं समा जाऊँगी।

2.

नेता दहन

हर वर्ष हमारे देश में
लोग रावण फूँक कर,
अपना आक्रोश व्यक्त करते हैं।
रावण ने किसी मर्यादा का
उल्लंघन नहीं किया था।
वह दानव होकर भी,
मानवता का कार्य कर गया।
आजकल उसी देश में
रावण सरीखे नेता
कितनी ही सीताओं का
अपहरण कर,
बलात्कार करते हैं।
और दुराचार प्रकाश में न आए
इस कारण हत्या भी करते हैं।
इस देश में वह दिन कब आएगा,
जब रावण दहन के स्थान पर
नेता दहन का पर्व मनाया जाएगा।

इला कौल कमल

बहुमुखी प्रतिभा की धनी इला कौल कमल अपने व्यक्तिव की सुगंध इस धरा पर बिखरा कर अल्पायु में ही परम ब्रह्म में विलीन हो गयीं, किन्तु उनकी मधुर विस्मृति आज भी परिवार के हर हृदय में जीवित है। नृत्य, संगीत, गीत एवं साहित्यिक लेखन में दक्ष, पाक कौशल में पारंगत, उन्होंने योग चिकत्सा को अपना कार्य क्षेत्र बनाया और ये विद्या सैकड़ो लोगों में बांटती रहीं।

1.

मौसम आए मौसम जाए,
कितने रूप नए दिखलाए।
आँखों से पानी बरसाए,
होठों पर मुस्कान जगाए।
पर माली डगमगाए न,
बाग को आँच आए न।
सरल माली के मधुबन में,
सुघड़ता से बनी क्यारी,
कहीं बेला, कहीं जूही,
कहीं चंपा चमेली था
महकती रात की रानी,
गुलाब भी मुस्कुराए था
हो माली झूम जाएगा,
बाग जब खिलखिलायेगा।
मौसम आए मौसम जाए,
कितने रूप नए दिखलाए।
खिले उपवन में चारों ओर,
चिड़ियों का बसेरा था।
चहक गूँज थी हरदम,
हँसी खुशियों का डेरा था।
बीते साल में एक बार,
ऐसा वक्त भी आया
कि चिड़िया उड़ गई परदेस

चमन था दुख से मुरझाया।
माली दिल को थामे था,
आंसू छलछलाये थे,
कहीं तब दूर से, वन से
पपीहा गुनगुनाया था।
संदेशा लौटती खुशियों का,
गुंजन लेकर आया था।
हटी वीरानगी फिर से,
लौटे दिन बहारों के
खिले हैं फूल रंग रंग के,
भंवरे गुनगुनाए हैं।
चिड़ियों ने दुआ माँगी,
और फूलों ने बधाई दी
कि अबकी बार तो तुराज
सुनहरा रंग भर लाई।
रहे यह साथ युवाओं का
माली और मधुबन का।

2.

सूर्यास्त

सूरज आज भी निकला था पूरब के द्वार से,
पेड़ों पर गूंजा था चिड़ियों का वृंदगान भी;
आलस्य पर विजय पाता स्फूर्ति का आँचल
लहराया था आज भी।

गृहस्वामी की गरिमामयी वाणी गूंजी थी वैसे ही
निर्विलम्ब गंतव्य पर पहुँचने का आदेश पाते ही,
वर्दी में लैस, हाथ में बेटन और सर पर कैप डाल कर
कर्मभूमि की ओर उठे थे वो पग हर रोज़ जैसे ही।

किन्तु अनजान थी मुस्कान उन होठों की
अनजान थी प्रतीक्षा उन आँखों की
अनजान थी आहट उन कानों की
अनजान थी चेतना उस प्राणी की,
जिसने उसे घर से रोज़ की तरह ही दी थी विदा
कि यह विदा होगी अंतिम, चिर विदा!
सांझ घिर आई थी हर दिन की तरह आज भी
पश्चिम की लाली बदल चुकी थी कालिमा में आज भी
चिड़ियों के झुण्ड बसेरा लेने को पेड़ों पर पहुँच चुके थे आज भी।

थकी हुई धरती विश्राम की गोद में बढ़ने को आतुर थी,
तभी सुना कहीं कुछ घट गया था।
एक ही क्षण में उस घर का सर्वस्व लुट गया था।
सुबह का निकला पति लौटा नहीं -
आई थी केवल सूचना उसकी।
'आज कर्त्तव्य की वेदी पर एक और वीर शहीद हो गया'
शहीद पुलिसकर्मियों की संख्या में एक और संख्या का योग हो गया।

किन्तु,
कल जब संसार को प्रकाशित करने को फिर सूरज आएगा
इस एक घर के अंधकार को क्या वह मिटा पायेगा?
क्योंकि आज इस घर के क्षितिज पर
सूरज अस्त हो गया है सदा के लिए।

नीरज कुमार

नीरज कुमार ने इलाहबाद विश्व विद्यालय से शिक्षा प्राप्त की और इन्शुरन्स कंपनी से जनरल मैनेजर के पद से सेवानिवृत्त हुए। नॉएडा और मुंबई के बीच में उनका निवास रहता है, उन्होंने अपने नाती के जन्म का सुन्दर वर्णन कविता द्वारा किया है।

1.

आंशनेय

हृदय ध्वनि सुन-सुन कर पुल्कित
प्रथम सूचना से ही सब हर्षित।
स्वागत करने को सब आतुर
घर, चौखट, बगिया हो सुर्भित।

प्रथम परिचय पर नहीं अपरिचित
प्रथम स्पर्श से ही अपनापन
हर्ष अश्रु की माला से करते
इस नवजीवन का अभिनन्दन।

मन की छाया ने ओढ़ी काया,
या मन ही है जो शिशु बन आया,
इच्छाओं नें श्वासें पाईं,
स्वप्नों ने स्पन्दन पाया

विचार जैसे आकार बनकर।
अनुभूति जैसे साकार बनकर
ऐसे आये आंशनेय जग में,
प्रर्थना जैसे अवतार बनकर।

अंशुमाला वर्मा

श्रीमती अंशुमाला वर्मा, स्कूल की उप-प्रधानाचार्या हैं। भोपाल में रहतीं हैं, कविता लिखने का उनका यह पहला प्रयास है।

1.

तेरा प्यार खुशियों का उपहार है
मीठे रिश्तों का अर्थ पूर्ण एहसास है
तेरा साथ हर ग़म को भुला देता है
दिल को सुकून आँखों में सपने सजा देता है।
मैं तेरी और तुम मेरी परछाई हो
बीते पल की यादों में गहराई हो,
इस रिश्ते को शब्दों में बयां कैसे कर दें,
यह दिल की बात दिल में समाई है।

2.

जिंदगी एक अनूठी पहेली है
कभी खुशी तो कभी रात अंधेरी है
न डर इस रात के अंधेरे से,
वक्त की बात है कल सुबह उजेली है।

हर सुबह जब वह निकले घर से बाहर,
मन विचलित सांसे क्यों थम जाती हैं
एक भय क्यों मन को करता आहत,
न जाने क्यों सब बोझिल हो जाता है।

फिर खुद को ही समझाए मन,
जनसेवा उनका परम धर्म,
कर्मशीलता जीवन उनका और राह दिखाना है,
रोड़ा न बन हर हाल में साथ निभाना है।

मन दृढ़ कर आशा के दीप जलाए रख,
कोमल नैनों में सपने नए संजोए रख,
निश्चित है यह वक्त गुज़र जाएगा,
इस काली रात के बाद फिर नया सवेरा आएगा।

3.

सावन की घटा जब छाए
मन उमंगों से भर जाए
खेत, बाग, झरने सब लहकें
भवरे भी फूलों पे बहकें।
झूम झूम के धरती गाए
सावन की घटा जब छाए।
रिमझिम पानी की बूंदों में
यौवन की कलियाँ खिल जाएँ
दुख पीड़ा और उम्र के बंधन
सब को भूल मगन हो जाएँ।
सावन की घटा जब छाए।
सावन के ऊँचे झूलों में
मन की उमंगें पेंग बढ़ाएँ,
पास मेरे आ जाओ प्रियतम
न जाने कब दिन ढल जाए
सावन की घटा जब छाए।

अल्पना श्रीवास्तव

श्रीमती अल्पना श्रीवास्तव, अनेक विद्याओं की धनी वो एक असाधारण शिक्षिका हैं। कविताओं से भरी डायरी, पर प्रकाशित पहली बार हो रहीं हैं।

1.

तुम

तुम अद्भुत उन्मुक्त
सशक्त विचारों की ज्वाला
तुम नीव तुम निर्माण
तुम ही हो तेजस्व काय विशाला
कभी रूप रंग की चदंन माला
कभी सुदृढ़ कटु अनुशासित भाला
तुम प्रेरणा असँख्य जीवन की
औ मुस्कान सुखमय पल की
तुम गगरी अमृत रस की
कभी कटु सत्य का गरल निवाला
ज्ञान और गुण का सागर हो
प्यार सुधा रस गागर हो
तुम राधा कृष्ण की अमर कथा
मीरा प्रेम का तुम छाला
तुम मेरे जीवन की अनन्त आस
तुम इस जीवन का मधु प्याला

2.

तुम कहते हो

ज़िन्दगी रेत सी हाथों से फिसलती जा रही है

खो चुके थे स्वर कभी जो स्वप्न बनके
आज रे किस रागिनी का हाथ थामे
चले आ रहे हैं हृदय तट पर
बज रहे हैं साज़ आज सँगीत बनके
तुम कहते हो
ज़िन्दगी रेत सी हाथों से फिसलती जा रही है

खेलती हैं बिजलियाँ मेरी गेसुओं से
नाचता है दिल अब भी तेरी आहटों पे
रोकूँगी न बरसती रुन झुन बूंदो को
जो तुमको छू के गिर रही हैं
मेरी अलकों पे
झूमता है मन ये मेरा
आज भी प्यार बनके
तुम कहते हो
ज़िन्दगी रेत सी हाथों से फिसलती जा रही है

तुमको चुराया है न
किस्मत की लकीरों से
कैसे कण कण को
पल पल बिखरने दूँ
जब हाथ में है हाथ तुम्हारा
कैसे ज़िन्दगी मैं फिसलने दूँ
घूँट घूँट पीती हूँ
प्रेम का हाला मीरा बनके
तुम कहते हो
ज़िन्दगी रेत सी हाथों से फिसलती जा रही है

3.

न वो वक्त, न जज़्बात
न एहसास ए मौहब्बत है बाकी
जो कभी एक खवाब थे
आज टुकड़ों में है बाकी

बात भी बस उतनी कि
एक तकल्लुफ है
अँदाज़ ए खंज़र से बस
सुर्ख़ आँख से लहू गिरना है बाकी

रूह से जो चिपका है
झरता पैरहन
दोस्ती का लिबास अब गिरने को है बाकी

4.

प्रकृति

पंच तत्व से निर्मित काया
मैं स्वयं प्रकृति का रूप हूँ
खुशहाली चहुँ ओर फैलाऊँ
मैं स्वर्णिम वह धूप हूँ
मद से ऊँचा पर्वत सा मस्तक
केश मुक्त हवा में वृक्ष से लहराएँ
शाँत नीली झील सी अँखियाँ
इन्द्रधनुष से रँग बरसाए
होंठ गुलाब की कोमल पंखुड़ियाँ
अमृत रस गागर छलकाए
वाणी मेरी फूल की पत्तियाँ
प्रेम सुधा गागर भर जाए
अश्रु धार सी बहती नदियां
सुख दुःख पाप पुण्य समाए
गहरे दिल के सागर में
कैसे वो जाकर मिल जाए
वादी सा सन्नाटा तन में
कभी उमड़ घुमड़ बादल गरजाए
मन मयूर फिर नाच उठे
सावन सा आँचल लहराए

कुसुम लता सी सुरभित बाँहें
मन दृढ़ बादल सा गहराए
दूँ जब जीवन को नया रूप मैं
शँख नाद प्रभु का खुद बज जाए
आओ मिलकर खुद को सींचें
जीवन की बगिया महकाएँ
प्रकृति हमसे हम प्रक्रति से
इसका जीवन पाठ पढ़ाएँ

5.

है ज्ञान, शक्ति, सामर्थ्य तुममें
खुद आप गुरु खुद के बन जाओ
बहती सरल सी सरिता तुममें
शान्ति का दीप खुद बन जाओ
क्रोध, जलन, नफरत के तम में
स्वर्णिम प्रकाश तुम आप फैलाओ
राह कटीली दुख का सागर
अपनी मन्ज़िल के पतवार बन जाओ
ईश के आगे सर झुका के
नमन के पात्र तुम खुद बन जाओ

6.

बचपन

रेशम की डोरी में झूलता
ख्वाबों की कश्ती में डोलता
ममता के आँचल में खेलता
पिता की रहनुमाई,
उनके सहारे खड़े होता
उनकी आँखों से चाँद की उड़ान भरता
माँ की ठँडी छाँव में पलता बचपन
देखा है बचपन का अलग रूप भी
आँखों में मासूमियत लिए
अनदेखे सायों को छूने का,
टकटकी लगाए सूनी आँखों से
एक आश्वस्त हाथों के स्पर्श पाने का,
अँधेरे में डरते मन को तरसते
माँ के सीने में छुपने को
कुछ सपनो कुछ ज़िदों को
पूरा करने वाले मुहाफिज़ों को
तलाशता बचपन
चलो कुछ ख्वाबों की पतँग
कुछ जुगनू इन्हें पकड़ा दें
ढलते आँसू रोक
हँसी की फुलझड़ी पकड़ा दें
ये मासूम तारे हैं

इनमें रौशनी भर दें
आसमान तक उड़ने का रास्ता दिखा दें
यूँ ही खिलखिलाता रहे
आओ बढ़ें और इन्हें समेट लें
ये है बिखरता बचपन

नेहा श्रीवास्तव

नेहा भारतीय पेट्रोलियम कारपोरेशन लिमिटेड में अधिकारी हैं और मुंबई में रहती हैं। अपने व्यस्त जीवन में से समय निकल कर वो परिवार के समारोहों में अपनी रचनाएँ अवश्य सुनतीं हैं।

1.

साड़ी का बक्सा

किस्सा उन दिनों का है जब सोशल मीडिया नहीं था
सिल्क की साड़ियों का फ़ैशन कई सालों चला करता था
एक बड़े से बक्से में सहेज के रक्खी जाती थीं
कभी किसी शादी या त्योहार पर ही दिख पाती थीं
मेरी कितनी सुंदर यादें उन साड़ियों की तह में बस्ती हैं
उस साड़ी के बक्से की खुशबू से मेरी कितनी कहानियाँ शुरू होती हैं
हाँ होती है साड़ी के बक्से में भी खुशबू
बहरहाल... किस्से पे वापस जाते हैं
वो एक रानी है मेरी माँ के साड़ी के बक्से की
बहुत ही खूबसूरत है... मुझे बहुत प्यारी है
कई बार देखा है मैंने मेरी माँ पे सज के वोह बहुत इठलाती है...
आज की हर साड़ी उसके आगे कुछ फीकी सी पड़ जाती है...
बहुत सालों से मेरा सुंदरता का मापदंड वही है...
नीले आसमां पे छिटके सितारों सा आँचल
सुनहरी किरणों सा ज़री वाला बार्डर
उसके बूटे गर्मियों की शाम की याद दिलाते हैं
कभी सर्दियों के खुले आसमां में चाँद से चमचमाते हैं...
बहुत ही खूबसूरत है... मुझे बहुत प्यारी है
मेरी माँ की वह, बनारसी रेशम वाली...
ज़री के किनारे वाली...
ओस की बूंदों की सी बूटी वाली...
मेरी माँ की वह, नीली, शादी वाली साड़ी...

2.

एक याद

काँच के जार में बंद कर जुगुनू को, मोहल्ले की शाम जगमगाते थे
कंचो के ढेर से रियासतों के तख्ते पलट जाते थे
नानी के घर की छत पे दरबार जमता था हमारा
कूलर की आवाज़ लोरी सी मीठी थी
और आईस क्रीम का ठेला एक चीज़ अलबेली थी
घूमते थे शेर से मोहल्ले की गलियो में
मिट्टी के घर में बिल्लियों को बसाते थे
लॉन को पानी देना भी एक प्रोजेक्ट था।
आम की एक गुठली बो के उसके उगने का इंतज़ार कितना लंबा था
एक याद है... या मन के झरोखे से दिखता दूर का एक ख्वाब है
जो भी है हसीन है, मेरे दिल के करीब है।

प्रांजला

प्रांजला ड़ेढ़ दशक से इनफार्मेशन टेक्नोलॉजी कम्पनिओं में बंगलुरु में कार्यरत हैं। अभी हाल ही में उनकी अंग्रज़ी कविताओं का एक संग्रह प्रकाशित हुआ है।

1.

नटखट नखरेली

वह चले अलबेली,
मटक मटक के पंख फैलाकर करे अटखेली।
नैन करारे मोह जगावे, भटक-भटक कर रास रचावे।
मीठी मीठी बोली जैसे रस घोली,
अटक अटक कर बात जो बोलन थी, भूली।
केश रैन से लट बिखरावें,
लटक झटक के मन धरा पे बादल बन घिर घिर जावे।
लाल चुनर पर ध्यान न डालें,
सरक सरक, वो चमक चमक, हर आंगन तारे बरसाए।
रंजक रचन सी हाथ हथेली, पर कहाँ वो ठहरी,
हाव भाव के मयूर मुकुल मुद्रा सखी सखेरी।
दबे पाँव कैसे कहीं वो जाए,
झनक झनक, वो जगत भूल, मन की धुन पर नृत्य सजाए।
निर्भय नटखट नखरेली चंचल,
पलक झपक वो चकित करत है जगत को हर पल।

2.

तू ही है रोशनी

खोल मन के द्वार, उड़ जा तू आज,
बन्दिशें तेरी ही हैं, तेरा ही कारागार।

अँधेरे की बस तुझे है आदत,
सूरजमुखी है तू, रोशनी है तेरी फितरत।
क्यों डरता है मन तेरा, देख जीवन की सीढ़ी,
आज बस एक कदम की, करनी है पूरी दूरी।
रास्ते होंगे कठिन, पर तू भी तो कुछ कम नहीं,
है संघर्ष सभी के यहाँ, तू अकेला तो नहीं।
थक जाए तो थम जा, पर त्याग न सफर अपना,
क्यों बिताए दिन रैन सभी, बिन देखे कोई सपना।
खुद को शून्य समझ रहा तू, तुझमें ही ब्रह्मांड समाया,
जैसे धरा आकाश हवा, सहज अभीत निर्मित है तेरी भी काया।

3.

इंतज़ार

जो मेरे सब्र की इंतहा हुई, तो तू आया।
जब ज़िंदगी के कलम में, सियाही की चंद बूंद बचीं,
जब आहटों ने ख़ामोशी की चादर तान ली,
उलझी ज़ुल्फ़ें को जब संवरने का ख़्याल भी न रहा,
तो तू आया।
दिल की कशिश को कुछ और बढ़ाने,
इश्क की कलम से कुछ नए अल्फ़ाज़ लिख जाने,
चौखट पे ग़ौर करे मैं बैठी थी,
अब्र से रिमझिम बरसता, तू आया।
ग़ेसू में गुलाब लगाती मैं,
ख्वाहिशों की खुशबू से मगर खिंचा चला, तू आया।

4.

मैं

हमनवा मेरा, नाज़ और जहाँ मेरा,
शख्सियत में मेरी, मैं था।
पिंदार-ए-मैं से बढ़कर कहाँ कुछ,
वह रकीब मेरा मैं था।

जब दस्तक हुई ज़रा, इश्क का आना हुआ,
चिलमन से झांका मैं था।
अनसुनी कर गया, नाराज़ सा हुआ,
कोई जीता है इश्क से, कि कितना न समझ मैं था।

बेकसी-ए-इश्क, एक झोंके सा,
एक तिनके सा उड़ा बस मैं था।
जो छू गया मुझको कर्म-ऐ-खुदा बनकर,
पाँव ज़मीन पर न थे मेरे, मगर कहीं नहीं फिर मैं था।

ईशान श्रीवास्तव

ईशान श्रीवास्तव (जन्म 1991) श्री अनुराग एवं श्रीमती दीप्ति श्रीवास्तव के प्रतिभाशाली पुत्र हैं। बिट्स पिलानी से सिविल इंजीनियरिंग में शिक्षा प्राप्त कर, ईशान यु.पी.एस.सी. की परीक्षा के द्वारा भारतीय रेलवे इंजीनियरिंग सेवा के अधिकारी हैं और वर्तमान में वरिष्ठ मंडल अभियंता के पद पर दक्षिण पश्चिम रेलवे में कार्यरत हैं। पढ़ाई के साथ साथ ईशान कविताओं और ग़ज़लों में भी विशेष रूचि रखते हैं। अपने ननिहाल पक्ष से ईशान प्रख्यात लेखक श्री प्रेमचंद की वंशावली से आते हैं और अपने पितामह स्वर्गीय श्री राम अवतार श्रीवास्तव। राम अवतार श्रीवास्तव व पितामही स्वर्गीया स्नेह श्रीवास्तव के अत्यंत प्रिय पौत्र थे।

1.

बाबा... आपके लिए!

आसमान से टूटते तारे को देख, दुआ मांगते हैं लोग,
मैंने नहीं माँगी, सोचकर कि ये दुआ कौन सुनेगा।
पर आज जब धरती से एक फ़रिश्ता टूटकर आसमान को गया है,
तो भरोसे से दुआ माँगी है, कि आज कोई तो ज़रूर सुनेगा।।

गर्मियों में आम की फरमाइश हो,
ठण्ड में गुलाबजामुन की ख्वाहिश हो,
खाने के बाद गुड़ की आस हो,
या चार बजे चाय की चहास हो,
वादा है कभी आपकी याद न धूमिल होगी,
हर निवाले में आपकी मिठास शामिल होगी।।

हर सुबह उनका नहाने से पहले थोड़ा कतराना,
नहाने के बाद फिर बकायदा बालों पे तेल लगाना,
अनजाने में कभी उल्टा पैजामा पहन जाना,
कभी चश्मे और घड़ी के लिए बेचैन हो जाना,
अपनी छड़ी को थामे मोहल्ले की सैर पे जाना,
हर रात सोते वक्त सिरहाने अपनी टॉर्च रखवाना,
मुझे हरदम राह दिखायेंगे वो टॉर्च वो छड़ी,
बुरे वक्त में साथ निभाएंगे वो चश्मा वो घड़ी।।

वो दरवाज़े पे बैठकर मेरा इन्तेज़ार करना,
देर से आने पे फिर गुस्से से इज़हार करना,
डाँटते हुए भी मानो ज़रा हल्का सा दुलार करना,
मुझे याद आयेगी आपकी फ़िक्र और प्यार करना।।

दिवाली पे पटाकों के लिए पैसे बांटना,
चौकस और सधे हाथों से वो चेक काटना,
दादी की फटकार से दुखी, हमसे अपना दुःख बांटना,
हमारी शैतानियों पे वाह भई वाह कहकर डाँटना।।

वो आँगन में बैठकर मुझे बचपन में पढ़ाना,
वो गर्मियों में हम बच्चों को पिक्चर ले जाना,
इंडिया-पाक के रोमांचक मैच का लुत्फ़ उठाना,
श्री निवास तिवारी संग आपका जन्मदिन मनाना,
वो खुशी से अंग्रेज़ी में सबका हाल पूछना,
वो मीठा न देने पे झट से रूठना,
ऐसी अनगिनत बातों के सिलसिले तोड़ के चले गए,
हमें अपनी यादों के भँवर में तन्हा छोड़ के चले गए।।

वो मासूम सी सूरत अब बादलों में दिखेगी,
वो सादगी की मूरत अब मेरे दिल में बसेगी,
यूँ तो चलती रहेगी ज़िन्दगी आगे भी इसी तरह,
पर कमी आपकी हर लम्हें हर पल में खलेगी।।

दो पल आपके सिरहाने बैठकर मैं सो नहीं सका,
उन हाथों को पकड़कर कुछ वक्त मैं रो नहीं सका,
आखिरी शब्द न सुने आपके, अंतिम ख्वाहिश न सुन सका,
अश्कों से छलके आंसुओं से आपके पग न धो सका,
क्या ओहदा था आपका मेरी नज़रों में, कभी बता न पाया,
जितना प्यार लुटाया आपने, शायद मैं आपको लौटा न पाया,
वो दर्द, वो आह, वो पुकार क्यों न सुनी मैंने,
राह तो देखी होगी आपने, मैं ही अभागा समय पे लौट न पाया

2.

और वही है मधुशाला

स्रोत कई हैं, रूप कई हैं, कई करों ने उसको पाला।
भिन्न-भिन्न होकर भी हरदम एक सी रहती मधुशाला।। (1)

चढ़ते सूरज का तेज हो, या शाम को ढलता सूर्य निराला।
पहर कोई हो, वक़्त हो जो भी, खुली रहेगी मधुशाला।। (2)

भीड़ में तनहा रहता क्यूँ, देख बगल में साकीबाला।
छोड़ दें ग़र सारे भी अपने, तेरे संग रहेगी मधुशाला।। (3)

अरे लाख दीवाने फिरते हैं, मैं एक नहीं बस मतवाला।
खाने को भले न एक निवाला, पर प्यास बुझाती मधुशाला।। (4)

है चका-चौंध की दुनिया ये, पर ऊब रहा पीने वाला।
जा रोज़ नए अनुभव देगी, वो है नित्य नवेली मधुशाला।। (5)

भगवन का भी पड़ा न होगा, कभी ऐसे भक्तों से पाला।
मादक भीड़ को चाहिए बस, तेरी एक झलक ऐ मधुशाला।। (6)

हार न तू अंदर से साकी, उम्मीद की फिरता चल माला।
एक दिन प्याला भर जाएगा, जब मय लाएगी मधुशाला।। (7)

वीरान हुए हर बाग़, मकां आगोश में लेती ये ज्वाला,
जले शहर कोई या शजर कोई, आबाद रहेगी मधुशाला।। (8)

अंतर्मन के अन्धकार से, जो खींच निकाले ढेर उजाला।
ऐसी मदिरा की मस्ती में, हर ग़म को भुला दे मधुशाला।। (9)

मंदिर मस्जिद ने बाँट दिया है, धर्म ने ऐसी फेरी माला।
पर सबका मालिक एक जहाँ पे, दैर वही है मधुशाला।। (10)

पता क्या पूछे किधर को जाना, सब जाने है पीनेवाला।
चार यार जहाँ मिल बैठेंगे, है वही अटारी मधुशाला।। (11)

कोई एक बार में बोतल गटके, कोई घूँट-घूँट पीता प्याला।
पीने का अंदाज़ हो कुछ भी, सुरूर वही देती मधुशाला।। (12)

नामी है, या है गुमनाम, शातिर है या भोला-भाला,
बिन भेद किये फैली बाहों से स्वागत करती मधुशाला।। (13)

दिलवालों की बस्ती में अब, मिले हर दिल अंदर से काला।
पर कुंठित मन की रुदित वेदना, आज भी समझे मधुशाला।। (14)

धरती से आगे अब इंसान, मंगल ग्रह को छूने वाला।
पर आज भी धरती मंगल कर दे, वही अलौकिक मधुशाला।। (15)

मय के मायने, साकी का सलीका - ये सब नहीं बदलने वाला।
हम तुम चाहे कितना बदलें, पर नहीं बदलती मधुशाला।। (16)

नया दौर है, नयी सोच है और नयी है ये हाला।
पीने वाला वही है लेकिन, और वही है मधुशाला।। (17)

3.

आज भीगते हैं चल!

वो बारिश की पहली बूंदों का धरती को चूमना,
वो हर साँस में मिट्टी की सौंधी खुशबू को सूँघना,
वो पत्तों पर बारिश की टिपटिप को सुनना,
आसमान से गिरते भीगे सपनों को चुनना,
खुशियों से आज, आ सींचते हैं ये पल
आ हाथ थाम मेरा, आज भीगते हैं चल।।

उस प्यासी रूह का तर हो जाना,
उन भीगे लम्हों में बेखबर हो जाना,
वो सावन में साजन की याद का सता जाना,
उन बरसती घटाओं में बहते आँसू छिपा जाना,
खुशियों से आज, आ सींचते हैं ये पल
आ हाथ थाम मेरा, आज भीगते हैं चल।।

वो बचपन में कागज़ की कश्ती तैराना,
वो स्कूल से दोस्तों संग भीगते हुए आना,
गीले आँगन में नंगे पैरों से उछल-कूद मचाना,
कुल्हड़ की चाय संग गर्मा-गरम पकोड़े खाना,
खुशियों से आज, आ सींचते हैं ये पल
आ हाथ थाम मेरा, आज भीगते हैं चल।।

सूरज की किरणों का बूंदों को छूकर गुज़र जाना,
फिर सातों रंगों का आसमान पर यूँ बिखर जाना,
भीगते जंगल में मोर का अपने पंख फैलाना,
चिरैया का सावन के मधुर गीत गाना,
रिमझिम फुहारों को फूलों पर बरसाना,
फूलों का खिलकर फिर बगिया महकाना,
बेरंग सी ज़िन्दगी में कुछ रंग भर के चल,
बेअसर उस पुकार में उमंग भर ले चल,
बरसती घटाओं को बाहों में भर के चल,
खुशियों से हर पल आज सींचते हुए चल,
आ हाथ थाम मेरा, आज भीगते हैं चल।।

4.

कश्मकश है ज़िंदगी!

ज़िन्दगी... यही कशमकश है ज़िन्दगी,
ग़म और ख़ुशी के दोराहे पे खड़ी,
ख़ुदा की यही पेशकश है ज़िन्दगी...

कभी दिलफेंक आशिक सी बेबाकी,
कभी पहली मोहब्बत सी मासूम,
कभी सारे जहां की ख़ुशियाँ समेटे,
कभी हर सुख-दुःख से महरूम...
ज़िंदगी...

कभी रेत पे बिखरी सीपियाँ,
कभी गहरे समुंदर के मोती,
कभी उम्मीदों की हँसती दुनिया,
कभी निराशा के दामन में रोती...
ज़िंदगी...

कभी दहकती आग में जलता जिस्म,
कभी बर्फ़ीले पानी में ठिठुरते पाँव,
कभी तेज़ दौड़ता एक जवान शहर,
कभी मद्धम सा चलता एक बूढ़ा गाँव...
ज़िंदगी...

कभी उगते हुए सूरज का ओज,
कभी थक कर सी बैठी एक शाम,
कभी चमकते सितारों से रौशन,
कभी सियाह रातों में गुमनाम...
ज़िंदगी...

कभी सागर की लहरों का शोर,
कभी ठहरी सी झील की ख़ामोशी,
कभी झरनों के गिरने का कोलाहल,
कभी बहती नदी की सरगोशी...
ज़िंदगी...

कभी गरम लू की लपट,
कभी ठंडी हवा का झोंका,
कभी दर्पण जैसा साफ़ दिखे,
कभी मृगतृष्णा सा धोखा...
ज़िंदगी...

कभी चेहरे पे लगे मुखौटे सी,
कभी मुखौटे में छुपे चेहरे सी,
कभी गैरों की भीड़ में अपनों सी,
कभी अपनों की आढ़ में गैरों सी...
ज़िंदगी...

कभी ये बंजर सी ज़मीन,
कभी लहलहाती सी फ़सल,
कभी ग़म में डूबा शेर ये,
कभी खूबसूरत सी ग़ज़ल...
ज़िंदगी...

कभी आने वाले कल की करवटें,
कभी गुज़रे हुए पल की सिलवटें,
कभी सीधा सरल हकीकत का सफ़र,
कभी पेचीदा सी फ़लसफ़ों की डगर...
ज़िंदगी...

कभी बचपन की अल्हड़ शैतानियाँ,
कभी जवां दिलों की मनमानियाँ,
कभी समझदारों की नासमझ सी बस्ती,
कभी सिरफ़िरों की मौजों पे कश्ती...
ज़िंदगी...

कभी उतार-चढ़ाव का सिलसिला,
कभी सुलझा हुआ सा मामला,
कभी ऊबड़-खाबड़ सी ये सड़क,
कभी रेल की पटरी पर काफ़िला...
ज़िन्दगी... यही कशमकश है ज़िन्दगी

कैलाश नाथ कौल 'हज़रत'

श्री कैलाश नाथ कौल फतेहपुर के रहने वाले थे, पोस्टल विभाग में लम्बी नौकरी के दौरान 'हज़रत' के नाम से मज़ाइयाह शेर कहना शुरू किया, शायरी के शौक को और बढ़ाते हुए वो खुद मुशायरों का आयोजन करते थे। भारत के कई नामी शायर उनके मुशायरों में शामिल होते थे। उर्दू में पढ़े होने के बावजूद, सेवा निवृत्ति के बाद उन्होंने संस्कृत सीखी, धार्मिक ग्रंथों के गूढ़ अध्ययन किया और सम्पूर्ण गीता को कंठस्त याद किया।

1.

यार को आज़मा कर देख लिया
पार्टी में बुलाकर देख लिया
मेरे दिल की लगी नहीं बुझती
बर्फ में दिल लगा कर देख लिया
कोई सुनता नहीं फ़ुग़ाँन दिल की,
रेडियो पर भी गा कर देख लिया
दहर में अब वफ़ा कहाँ हज़रत
ख़ूब ठोंक बजा कर देख लिया।।

2.

रुख़ ए रोशन दिखा दिया तूने
लैंप पर गोया जला दिया तूने
हम न सुनते थे किस्सा ए दुश्मन
रेडियो पर सुना दिया तूने
जो याद आता है तू दिल को थाम लेता हूँ
यह हौसला है मेरा जिस से काम लेता हूँ
है आज न्यू ईयर और तू वतन से दूर
केक काटते हुए तेरा नाम लेता हूँ।।

3.

दौलत मिले हयात मिले और ख़ुशी मिले
इस साल भी ख़ुदा करे तुमको सभी मिले
देखिए पाते हैं हम लोग ख़ुदा से क्या फैज़
एक पंडित ने बताया है यह साल अच्छा है
जी रहे हैं क्या ही लाचारियों में हम
कार में यार और बेकारीयों में हम
अब हमें ठंडी सड़क पर क्या खतर
रख चले हैं दिल को अलमारी में हम
मौत का डर दिल में धड़कन लब पे आह
हैं तेरी महफिल में या लौरी में हम
हूर के रुख़ पर जो देखा शेख़ ने
देखते हैं वो तेरी साड़ी में हम
अल्लाह मियां ने फोर्ड को ताजेर बना दिया
इंदिरा को पॉलिटिक्स का माहिर बना दिया
हर शख़्स को बना दिया जो कुछ वह बन सका
जो कुछ न बन सका उसे शायर बना दिया।।

4.

न तुम आए न नींद आई गज़ब थी बेक़ली अपनी
बहरे शौक में देखा किए शब भर घड़ी अपनी।
खुदा का शुक्र है जब वो मिले पैरों से नंगे थे,
वरना फिर सरे बाज़ार होती किरकिरी अपनी।
खुदा जाने कब उनके इश्क में मुस्तक़िल होंगे
चली आती है मुद्दत से असामी आरज़ी अपनी।
किसी के इश्क में आँखों से पर्दे हट गए ऐसे
कि तारीकी में शब की जूती ढूंढ ली अपनी।
हमारे दिल की क़ीमत एक सिगरेट, वाह क्या कहना
हटाओ अपना सिगरेट केस, उठाओ दिलबरी अपनी।
हमारे शेर जो सुनता है, हँस देता है, ऐ हज़रत
बनी है क़हक़हा दीवार गोया शायरी अपनी।

5.

आया वो, आ के दिल में मेरे वार कर गया;
पोलिस खबर दे मेरा क़ातिल किधर गया।
ऐ दोस्त, उनके लब के तसव्वुर की कुछ न पूछ,
मैं आम चूस चूस के कोठे पे मर गया।
मुमकिन है, देखते वे ज़ख्मे जिगर मगर
मैं अर्ज़े हाल करके कचहरी से डर गया।
वह मुश्तवाह हाल पर क्या करते इल्तफ़ात
मैं पैदल और रक़ीब मेरा कार में गया।
क्या पूछते हो यार की शीरीं क़लामियां
जी, उसके मुंह से, मैं जी से गुज़र गया।
आया हूं उनके बज़्म से खुशियां लिए हुए
कुछ सर में दर्द बाकी है, दर्दे जिगर गया।

6.

वह आएँ घर पे मेरे, मुझे ऐतबार नहीं
यह मेरा घर है, किसी पीर का मज़ार नहीं।
मिलाओ आँखों से आँखें तो जान हाज़िर है
यह नक़दबाज़ी का सौदा है यहाँ उधार नहीं।
मरीज़ तेरा हूं मुझे डॉक्टर का घर न बता
यह मर्ज़े इश्क़ है ज़ालिम कोई बुख़ार नहीं।
दो जाम पीते ही होता है ग़म ग़लत अपना
सिवाय ठर्रे के कोई ग़म गुसार नहीं।
यह ख़ाक पीना है थोड़ी सी पी के लेट रहे
जो पी के थाने न पहुंचा, वह वादाख़्वार नहीं।
सुनेंगे आप मेरी गुफ़्तगू तो खुश होंगे
जनाब मैं मिडिल पास हूं, कोई गँवार नहीं।

7.

क्या उनको दिल का हाल सुनाने से फ़ायदा,
होगा तो होगा नोट दिखाने से फ़ायदा।
मालूम है दिखाते हैं वह मुझको सब्ज़ बाग़,
फिर लाल बाग़ शाम को जाने से फ़ायदा?
दिल मेरा गुम है चोर का पता नहीं,
यारों हमें पुलिस के थाने से फ़ायदा?
नो के मिज़ा जो दिल में लगी, दिल फड़क गया
कुछ तो हुआ है, टीका लगाने से फ़ायदा।
अब भी वह कह रहे हैं, मेरे बुज़ुर्ग हो
कुछ भी हुआ न दाढ़ी मुड़ाने से फ़ायदा।
हज़रत ज़माना हमसे उठाता है फ़ायदे।
हमने न कुछ उठाया ज़माने से फ़ायदा

8.

किस्सा ए ग़म सुना रहा हूँ मैं,
वह समझते हैं गा रहा हूँ मैं।
अपने रुख की बहार देखने दे,
ठहर ऐनक लगा रहा हूँ मैं।
राहे उल्फ़त की सख़्तियाँ मत पूछ,
अपने घुटने दबा रहा हूँ मैं।
तौबा कर लेंगे वह जफ़ाओं से,
कोतवाली को जा रहा हूँ मैं।
आतिश ए दिल तो काम की शय है,
इससे सिगरेट जला रहा हूँ मैं।
अब तो इज़्ज़त किया करो मेरी,
अपनी दाढ़ी बढ़ा रहा हूँ मैं।
उनके दर पर सदा जो दी तो कहा,
ठहरो हज़रत नहा रहा हूँ मैं।

कौशल कुमार

श्री कौशल कुमार का जन्म लखीमपुर खीरी गाँव श्रीनगर में हुआ था, उनके पिता श्री महावीर प्रसाद श्रीवास्तव लखनऊ के निवासी थे, श्री कौशल कुमार हिंदी, इकोनॉमिक्स व संस्कृत के अध्यापक थे। उन्होंने बहुत सी कहानियाँ लिखीं, जिनमें से कुछ प्रख्यात पत्रिकाओं में प्रकाशित हुईं। उन्होंने चिकत्सीय उपयोग के लिए अपना सम्पूर्ण देह दान दे दिया था।

1.

आह्वान

उत्पीड़न मत सहन करो मत अनाचार पर शीश झुकाओ
गृह लक्ष्मी अब समय आ गया साक्षात दुर्गा बन जाओ
पड़ी बेड़ियाँ जो पांवों में, उनको तुम ही काट सकोगी
अपनी बहना का दुःख बहना, केवल तुम ही बाँट सकोगी;
करो प्रतीक्षा मत औरों की, पहला भाला तुम्हीं उठाओ
उत्पीड़न मत...
कभी धर्म ने, कभी शर्म ने आगे बढ़ने से है रोका
इंद्र, युधिष्ठिर, गौतम तक ने, तुम को छला, दिया है धोखा
लक्ष्मण रेखाएं सब मेटो, अपनी सीमा स्वयं बनाओ
उत्पीड़न मत...
रोकर नहीं, ईंट का उत्तर पत्थर से ही देना होगा,
यदि न न्याय से न्याय मिल सके, न्याय छीन कर लेना होगा
कभी दया की भीख न मांगो, निस्सहाय हो मत चिल्लाओ
उत्पीड़न मत...
बुरा नहीं है प्यार, जो तुमको प्यार के बदले प्यार मिले,
बुरा नहीं कर्त्तव्य, जो तुमको भी समुचित अधिकार मिले;
ठगो नहीं औरों को, पर अपने को भी न ठगाओ
उत्पीड़न मत सहन करो, मत अनाचार पर शीश झुकाओ।

पर्व प्रांजल

पर्व प्रांजल एक युवा डिज़ाइनर और चित्रकार हैं, बैंगलोर में रहतें हैं और अपना स्टूडियो स्थापित कर रहें हैं। अंग्रज़ी में लिखते हैं, हिंदी में कविताएँ लिखने का नया प्रयोग है।

1.

कुछ

कुछ ढूंढ रहा हूँ मैं इन दिनों
शायद वो कल में छुपा है
और आज मैं यहीं खड़ा हूँ।
थोड़ी देर हो गई है,
लेकिन फिर भी वही सोचता हूँ।
कुछ तो कमी है, आज ही लग रही है
कल फिर से लगेगी।
मैंने कल का इंतज़ार तो नहीं करा है
मगर आज की तरह,
कल को भुलाने की सोच में हूँ।

2.

शब्द

पानी से मैं लिखता हूँ,
काफ़ी शब्द लिखे हैं
मगर कुछ याद नहीं।
हर अक्षर और शब्द सूखे पड़ जाते हैं इन दिनों।
ज़्यादा पानी का इस्तेमाल करता हूँ तो
कुछ समझ में नहीं आता;
थोड़ा शब्दों को दिशा दिखाता हूँ तो
धूप से मुलाक़ात हो जाती है।
शायद ये शब्द कुछ सही नहीं हैं
क्योंकि पानी तो बहुत है
मगर ये शब्द कहीं उड़ गए हैं।

3.

अँधेरा

इस अँधेरे में कही दूर खड़ा हूँ।
एक रौशनी है मगर मेरी आँखों को छू नहीं पाती।
एक उलझन है मेरे इर्द गिर्द
लेकिन वो रौशनी की तरह मेरा सामना नहीं करती।
इस अँधेरे से मैं क्या माँगूँ?
इस अँधेरे ने मुझे सब दिया
मगर मैं उसे कुछ वापस न कर पाया।

4.

अनजाने

इस अनजाने सफ़र में
अपने आप को तलाश रहा हूँ,
मिट्टी उड़ती है और मैं
उसके पीछे कहीं गुम हो जाता हूँ।
ये हवा कितनी ठहरी हुई है
कोई दिशा का मुख नहीं दिखाती।
इस अनजाने सफ़र में हर परछाईं,
घर की याद दिलाती है
हर पेड़ में अपने नज़र आते हैं।
मगर मैं अपने आप से बातें करता हूँ
इस अनजाने सफ़र में,
मैं कुछ अनजाना सा बन गया हूँ।

डॉ. अलका कुमार

डॉ. अलका कुमार वैसे तो राजनीति शास्त्र की विद्यार्थी रही हैं और उन्होंने अंतर्राष्ट्रीय सम्बंध में पी.एच.डी. भी करी है पर हिंदी व अंग्रेज़ी साहित्य से उनका विशेष लगाव है। अंग्रेज़ी में एक उपन्यास छप चुका है तथा हिंदी व अंग्रेज़ी की अनेकों पत्रिकाओं में कविताएँ छप चुकी हैं। अखबार व पत्रिकाओं में सामाजिक व राजनीतिक विषयों पर लेख भी छप चुके हैं। वर्तमान में एक हिन्दी उपन्यास पर काम कर रही हैं।

1.

माँ

तुम जन्मदात्री तुम सुखदात्री
तुम करुणामयी तुम ममतामयी;
अविरल प्रेम की धारा सुखप्रद
निष्कपट सरल सहज शीतल।
तुम ओजपूर्ण माधुर्यपूर्ण
साहस की ज्वलंत उदहारण तुम,
स्नेह निर्झर की वाहिनी तुम।
उत्तुंग भाल और गौर वर्ण
कौशेय केश और सरल वेष,
प्रखर रवि सा तेज वदन पर
अनुशासन चरितार्थ प्रबल।
तुम सम्बल, सुमनस्क सखी
वात्सल्य अलौकिक, प्रेम प्रगाढ़,
तुम माधुरी सुगढ़ गृहणी।
अवरोध कठोर - पर अविचलित।
ले परी वेष हुईं पारमित।
माँ श्रद्धा पुष्प करूँ अर्पित
तुम पूजनीय हो, तुम वन्दित।

2.

मैं भी एक गीत सुना लूँ क्या?

तेरे संग मीत मैं गा लूँ क्या?
मैं भी एक गीत सुना लूँ क्या?
चारों ओर मचा कोलाहल
चारों ओर है शोरो गुल
आवाज़ों के इस जंगल में
ख़ामोशी से कुछ गा लूँ क्या?
मैं भी एक गीत सुना लूँ क्या।
है तीव्र गति की चाल यहाँ
है भागम भाग धमाल यहाँ,
जीवन की इस आपाधापी में
मैं कुछ पल को सुस्ता लूँ क्या?
मैं भी एक गीत सुना लूँ क्या।
कर के कटाक्ष सब हँसते हैं
दूजे के ग़म पे हँसते हैं,
इस भयावह हँसी नाद में
हलके से मुस्का लूँ क्या?
मैं भी एक गीत सुना लूँ क्या।
कोई लहू की होली खेले
कोई जन जीवन से खेले;
मैं बन सिद्धार्थ इस बगिया में

कुछ एक हंस बचा लूँ क्या?
मैं भी एक गीत सुना लूँ क्या?
कोई तोड़े इसके मंदिर को
कोई तोड़े उसकी मस्जिद को
इस तोड़ फोड़ के मध्य यहाँ
इक प्रेम प्रतिमा गढ़ा लूँ क्या?
मैं भी एक गीत सुना लूँ क्या।
कोई दलितों को तोले
कोई संप्रदाय की बोली बोले,
इन पृथक पृथक धाराओं में
मानवता नीर बहा लूँ क्या?
मैं भी एक गीत सुना लूँ क्या।
जो लगी चोट सभ्यता को है
जो बहा रक्त संस्कृति का है
उन घावों पर पलकों से
मैं हलके से सोहला लूँ क्या?
मैं भी एक गीत सुना लूँ क्या।

मैं बन सिद्धार्थ इस बगिया में
कुछ एक हंस बचा लूँ क्या?

3.

मैंने देखा है

मैंने देखा है बाल अरुण का प्रथम चरण
इस शांत धरा के वक्षःस्थल पर।
नन्हीं नन्हीं किरणों को बिखराता, मुस्काता
जब प्रथम झलक दिखलाता नभ पर
खग कुल का कलरव, राग भैरवी
बन, मानव में नव-जीवन भरता।
नित संदेश लिए नव उत्साह का
कोमल उषा को मैंने देखा है।

मैंने देखी है प्रखर धूप-दोपहर-मध्याह्न
रवि के जीवन का वह यौवन
है क्षमता सब भस्म कर देने की जिसमें;
है आतप, कठोरता, चरम यौवन।
रहतीं सब ओर शान्ति, नीरसता
दिखती न छाया कहीं, किसी जन की।
सब कर्म रत, पर छुपे, बंद
मानव को मैंने देखा है।

मैंने देखा है सन्ध्या का लंबा, धुँधला
लघु-समयक नित प्रतिबिंब नया।
निज नीड़ोन्मुख उड़ते खग-गण

ढलते सूरज ने मानो तान दिया,
श्वेत-श्याम-रक्तिम झीना परदा।
थके बटोही, आलस्यपूर्ण से चेतन जड़।
चंचल नयना, कोमल कोलाहल स्वर वाली
सन्ध्या सुन्दरी को मैंने देखा है।

मैंने देखा है रजनी रानी का उपकार।
स्वयं जाग कर, थके जनों को
मूक लोरी गाती, निद्रा के कोमल झूले में,
थपकी देने भेजती सुरभित समीर को।
शांत, स्निग्ध, उज्ज्वल प्रकाश की चादर ताने
ला देती हर जन को स्वप्न महल में।
झिलमिल तारों की जाली में लिपटी
इन्दु वदना को मैंने देखा है।

मैंने देखा है यह सब कुछ, पर
यह स्वप्न नहीं, चलचित्र नहीं था।
अंशुमालि के आगमन से पूर्व जागी थी मैं,
अनमनी सी दिन भर कर्म में लीन रही मैं।
अलसायी सन्ध्या में अधखुली आँखों से
ढलते रवि से ढलती वय को तौलती रही मैं।
रात्रि को अगणित, अनजान स्मृतियों ने आ घेरा,
उन्हीं स्मृतियों की प्रतिकड़ी जोड़ती रही मैं।
फिर, न जाने कब चतुर निद्रा नें अपना जादू फेरा।
पर, जाग गयी सूरज से पहले और
पुनः मैंने यह सब देखा।

4.

ढाई हाथ का पुतला

ढाई हाथ का पुतला मानव
कितने ढोंग रचाये
अभी यहाँ था अभी दिखे ना
यूँ ओझल हो जाये।
मायामय विशाल जगत में
क्यों इतना भरमाये?
क्षणभंगुर यह जीवन पाया
इतना समझ न पाए,
रूप रस श्रृंगार की लौ में
कितने बरस बिताये।
अर्थ काम और सत्ता मद भी
मन से भुला न पाए,
सुख सुविधा और बड़ा महल हो
इनसे उबर न पाए।
इतनी आशा और अभिलाषा
किस दिश ले कर जाये?
खड़ा रहे तो दो पग धरती
ही उसको अपनाये।
पाँव पसारे तो भी मानव
खटिया भर ही पाए;

अंतिम क्षण में फूँकने भर को
दो लाठी बहुताय।
कहाँ धरेगा वो गठरी जो
सर पर बोझ उठाये?
माया मिथ्या ये जग सारा
मानव समझ न पाए।
ढाई हाथ का पुतला मानव
कितने ढोंग रचाये।

5.

नारी

है अग्नि परीक्षा ये जीवन सारा।
है अग्नि परीक्षा ये जीवन सारा,
क्षण प्रतिक्षण जिसमें जलना होता
दुःख विपदा की आतप सहना
और अंगारों पर चलना होता।
हर एक पग के नीचे अगणित
छोटे छोटे अग्नि-खंड -
हर पल यह स्मरण दिलाते हैं,
यद्यपि तुम दुर्गा प्रचंड
फिर भी, सीता का भी अंश तुम्हीं।
हर वार तुम्हें सहना होगा,
अपने जीवन की जला आहुति,
पार तुम्हें चलना होगा।
हर पुरुष राम अवतारी है;
अनुराग, त्याग, मर्यादा की
वह प्रतिमा संसारी है।
नारी तेरी सहन शक्ति की
लेनी उसे परीक्षा है।
हर दिन, हर पल, वह तुम्हे अलग
लपटों पर छोड़ खड़ा होगा।
तुम हे अबला फिर जल कर यूँ
देवी, सबला बन जाओगी।
न जलकर जब तक कनक बनो,
कैसे सीता कहलाओगी

6.

हाय! ये समाज

उफ़! ये विष कैसा फैल रहा है हवा में।
रोष, अविश्वास, बे-काबू होता मनस;
रोप - प्रत्यारोप, सड़ती गलती राजनीति -
कहाँ लुप्त हो गयी मानवता?
प्रेम, उपकार, सहानुभूति - ये तमाम शब्द
खो गए शब्दकोष के धूल भरे पन्नों में!
गठरी की तरह बाँध कर रख दिए एहसासात,
चेतना की खो गयी कहीं पुड़िया
बस एक विषधर की तरह फरफराता सरसराता
लोभ और सत्ता का मद
अँधेरी घाटी में धकेलता जा रहा है मानव को।
मासूमियत और सच्चाई, हाय कहाँ खो गयीं?
शायद सिसकती धूप के आँचल में
या कृत्रिम चांदनी के छलावे में -
एक सताई हुई अबला की तरह
सदा के लिए मौत के आगोश में सो गयी;
सदा के लिए मौत के आगोश में सो गयी।

7.

प्रयास

लहर,
एक लघु लहर
कई सारी लघु लहरें इस विशाल समुद्र की
एक साथ उठती हैं,
चीत्कार करती हैं
और करती हैं एक प्रयास उस पंक को धोने का
जो चिपक कर रह गया है उसके
स्वच्छ, सौम्य किनारों पर।
हर लघु लहर निर्मल जल की
करती है अथक प्रयास
पर,
अपने ही इर्द गिर्द जमा इस कीचड को
धोने में रहती है असफल।
यह विशाल जन सागर
और इसमें उठने वाले तमाम
सचेत बुद्धि लघु - लहरीय प्रयास
और इसमें उठने वाली चीत्कार, गर्जना
फेनिल स्वछता
रहती है बेअसर
राजनीति के उस पंक को धोने में
जो चिपक कर रह गया है समाज की मानसिकता पर।
उसी कीचड में पलने वाली दीमक, उसे
अंदर ही अंदर खोखला करती जा रही है;
और शक्ति-समृद्ध जल लहरें भी
बेजान होती जा रही हैं ।

8.

लाल बत्ती पर

फैले हुए हाथ
धूल धूसरित मुख
लटों मैं बंटे बाल -
स्वर्ण आभा न खोई थी अभी तक जिन्होंने;
मुख मंडल पर स्थायी दयनीयता
एक दो नहीं, दर्जनों
बचपन के प्रतीक
दौड़ते हुए साये
अक्सर मैंने देखे हैं
लाल बत्ती पर।

मासूमियत? पता नहीं -
हाँ, शायद!
पर दयनीयता स्थायी -
हर आने जाने वाले के सामने
यही भाव काम जो आता है।
एक गाड़ी से दूसरी गाड़ी को दौड़ते
एक दुत्कार से दूसरी दुत्कार पर लपकते
सहसा हँसते, सहसा गूंगे हो जाते
कड़ी धूप में

बरसते पानी में
अक्सर मैंने देखा है
लाल बत्ती पर।

ये कैसा बचपन है?
क्या यही उनका भाग्य है?
न गुड़िया न खिलौने
न दूध की कटोरी,
न सावन के झूले
न हाथ में किताबें -
चंद सिक्के हाथ में आते ही
खिल जाते हैं चेहरे।
नंगे पाँव, फटे हुए कपड़े
अक्सर मैंने देखा है
लाल बत्ती पर।

कौन हैं ये?
क्या इनका कोई अलग ही संसार है?
विवशता, विषमता
इनके घर और आसमान हैं?
कच्ची उम्र की माँ की गोद में शिशु
जो दौड़ता है रोज़, लिपटा हुआ उस की छाती से,
जब आँखें खोलेगा
तो पूछेगा मूक दृष्टि से
मैं कौन हूँ?
माँ बोलेगी, बेटा, तू बचपन है!

अक्सर मेरा सर
शर्म से झुक जाता है
लाल बत्ती पर।

पर, कभी देखीं हैं आँखें इनकी?
न भूख, न दयनीयता -
बस, एक चमक -
सहज, सपने देखने की एक कला।
वर्तमान में जीते हुए भी
भविष्य होगा कुछ अलग
ये सोचने का साहस
एक हाथ बढ़ा के बाँहों में भर लूँ क्या?
इस बचपन को मैं अपना लूँ क्या?
अक्सर मैंने सोचा है
लाल बत्ती पर।

9.

उड़ने दो मुझको

मत मुझको बंधन में जकड़ो
उड़ने दो उन्मुक्त गगन में,
बन कर सुरभि का झोंका
हो जाऊं मैं लीन पवन में।
मैं नहीं वो नन्ही मैना
कनक पिंजरे में जिसको रख लो,
मैं नहीं वो निर्मल मोती
आभूषण में जिसको जड़ लो।
मैं नहीं सुमन वो बगिया का
तुम जिसे सजा लो अलकों में,
मैं नहीं स्वप्न उन रातों का
तुम जिसे संजो लो पलकों में।
है नहीं चाह वो देवी बन जाऊँ
मूर्तिकार जिसकी छवि बना ले,
मैं नहीं वो भावना भी मन की
कविता जिसकी कवी बना ले।
मैं तो वह स्वच्छंद पक्षी हूँ
नहीं क्षितिज का जिसको ज्ञान,
और मैं वो उद्दंड लहार हूँ
सिंधु भी करते जिसका सम्मान।

मैं कल्पना उस हँसते शैशव की
जो, पतंग डोर पर हो सवार;
उस नैय्या पर चढ़ चलती हूँ,
नहीं बनी जिसकी पतवार।
है हिय में उत्साह ज्वाला
गगन - चुम्बी दृढ निश्चय है,
मैं युवा वर्ग की प्रतिनिधि हूँ
मेरा बस इतना परिचय है।
मैं जीवन की वो आशा हूँ
जिसको भविष्य सजाना है,
अपने चमत्कारी हाथों से
दुनिया नयी बनाना है।

मत मुझको बंधन में जकड़ो।

10.

खजुराहो

जो थी प्रतीक इक सभ्यता की
थी संस्कृति जिसमें रची बसी,
जो कला की अद्भुत पराकाष्ठा
थी अनुपम छवि अप्सराओं सी;
उसे क्षत विक्षत कर डाला यूँ
आततायी जब आए थे
खंड विखंडित करके उनको
मन में बड़ा हर्षाए थे।
पर विडम्बना है जीवन की
नहीं मूर्ति तक सीमित थे
नारी की जो दशा समाज में
उसको प्रतिबिंबित करतीं ये।
यदि समाज न चेता अब भी
सब भस्म हो जायेगा
महिषासुर मर्दन को दुर्गा
का पुनर्वतरण हो जायेगा।

पंकज कुमार

पंकज कुमार ने सेना से सेवानिवृत्त होने के बाद लेखनी को पूर्ण रूप से अपनाया। उनकी अंग्रेज़ी में तीन पुस्तकें प्रकाशित हैं।

कविताएँ सुनाने का शौक पुराना है किन्तु प्रकाशित पहली बार हो रहे हैं।

1.

अपना सच

सच से बड़ा न कोई साधो, सच से बड़ा न गिरधर,
सच को मन में बैठा लो तो, बन जाओगे ईश्वर।

सच ये कितना? शंका मन में व्याप्त हुई;
सन्दर्भ सदा होता हर सच का,
बदले वो, तो सच भी बदले;
जो दिखता है, वो तो सच है,
नहीं दिखे क्या उसको झुठलाएँ?
कहीं उगे, कहीं ढल जाए,
सूरज के दो सच टकराएँ;
एक समय ही, ढलता-उगता,
कहाँ खड़े हो निर्भर करता;
तो है ये निष्कर्ष निकलता,
समय के साथ, है सच बदलता;
सूरदास का सच है स्याही,
माँ का सच, बच्चे की भूख,
मेरा सच पागल नादानी,
तेरा सच, तू बहुत सयानी!
है हर जग की यही कहानी।
सोचा था, सच ही है सब कुछ,
उसके सिवा न कोई रास्ता।

पर है क्या कोई,
सच में, सच से, सच का वास्ता?
क्या सच है, क्या भ्रम, कौन किसे समझाए?
सच की परिभाषा, कौन किसे विदित कराये?
जब जब निकले सच खोजने, बड़े बड़े महापुरुष ज्ञानी,
न पा पाए पूर्ण सत्य की कोई निशानी।
पर हाँ, बता गए वो कुछ बातें बहुत सायानी।
समय बीतते लेकिन, हो गईं बातें आनी जानी,
बट गई दुनिया तार तार सी,
करने लगे लोग मन मानी
जीत सदा ही सच की होती, ये हमको बतलाते हैं।
तेरा सच या मेरा सच या उसका सच?
यह कोई नहीं बतलाता है।
कभी जीतता मेरा है,
कभी जीतता तेरा है,
कभी जीता उसका सच है,
पर उस सच की खातिर कितने नर नारी आहुति पर चढ़ जाते हैं।
बच कर वही निकल जाते, जो सबको लड़वाते हैं।
सच तो संग्राम है!
होता नहीं कभी विश्राम है।
होती सच पर ही कायम दुनिया,
तो मिटती नहीं बार बार
सच के ही नाम पर।
जर जर हुईं सभ्यताएँ,
पराए सच को झुठलाने में,
मानवता ने कितने कष्ट सहे सच के आने जाने में।

बचीं सभ्यता वही निराली, तयाग को जिसने धर्म बनाया।
धर्म त्याग है, त्याग धर्म है, त्याग बिना कोई धर्म नहीं है।
सत्य बदल जाएगा लेकिन,
धर्म न बदलेगा कभी,
क्यों कि धर्म त्याग है,
केवल त्याग है।
कष्ट त्याग में भी होता है,
लेकिन अमृत सा भाता है।
मिटने का जब भय ही न हो,
तो कष्ट कैसे भयभीत करे
भाव त्याग का भर लेने से,
खिल जाती है धूप निराली
तज देने के निश्चय से ही,
पा सकते हैं निश्चित जीत
मन में त्याग का भाव जगे तो,
विजय स्वयं अपनाएगी।
तजना तो है सब कुछ एक दिन,
भाव क्यों न अभी से भर लें,
त्याग नहीं कुछ करना होगा,
केवल भाव बदलना होगा;
पल में बदलेगा सब कुछ,
केवल इच्छाओं को मरना होगा।
भाव त्याग का आ जाने से,
सच तो फिर अपना ही होगा।

2.

मेरी अज्ञानता

मैं पथ पर जा चला रहा था
पग में मेरे मादकता थी
और वेग में मस्त जवानी
चंचल मन और शोख़ नज़र थी
डूब रहा था मैं मस्ती में
बहता जाता जैसे पानी
इतने में आवाज़ एक आई
'बाबू देदो एक चवन्नी'
मैं रुकता तो शोख़ हवा थी
बहती हुई थी मेरी जवानी
मैंने एक संकल्प किया था
झिड़क दिया मैंने उस नर को
मेहनत कर के बोलो वाणी
मेरे पग तो रुक न रहे थे
उड़ने की जो उनने ठानी
चलते चलते एक नज़र जो
उसकी ओर जो मैंने डाली
आज भी मेरा दिल रोता है
करनी जैसे लगती गाली
सामने एक इंसान खड़ा था
शर्म से जैसे भू में गड़ा था

आँख थी उसकी घायल घायल
देख लिए हों तारे जैसे उसने भूतल
वृद्ध के कोई आंत नहीं थी
टांग भी उसकी काँप रही थी
अब गिरने को था वो आतुर
मुँह में बस यह बात बची थी
जाना था उसको गाँव को अपने
आया था लेने पुत्र के सपने
दूर था उसका गाँव अभी तो
होने लगी थी रात कभी को
आस में बुढ़िया बैठी होगी
लाल बाल सब सोचते होंगे
कब आएगा बापू घर को
लायेगा सपने ढो ढो कर
बापू पास चवन्नी न थी
घर जो उसको पहुँचा जाती
होने लगा था घोर अँधेरा
और कोई चारा भी न था
माँग ली उसने एक चवन्नी
यत्न किया था उसने कितना
काम न आया वो भी इतना
घर जो उसको पहुँचा जाता
बेटे को सपने दिलवाता
ढेस लगी थी उसके दिल पर
टूट गया वो टुकड़े हो कर
जाऊँ मैं कैसे भू के अंदर

सोच रहा वो थर थर थर थर
रुकता कैसे मैं तो जैसे
मर ही गया था ये अज्ञानी
मेरी भी आवाज़ नहीं थी
हो गया था मैं भी तो घायल
चलते चलते ठोकर खाई
आँख भी मेरी भर भर आई
वापस जब मैं वृक्ष पर आया
दूर दूर तक कोई नहीं था
पाया बस एक काला साया
वो दिन मेरा कैसे बीता
बीत गई है कैसे जवानी
आज भी भिक्षा माँग रहा हूँ
कोई तो मुझको दे दे दानी
भिक्षा नहीं मुझको दुत्कारो
दूर करो मेरी यह ग्लानि
पग पग पग मैं बढ़ता जाता
झोली मेरी भरती जाती
पर दिल है खाली का खाली

इतने में आवाज़ एक आई 'बाबू देदो एक चवन्नी'

3.

अपनों से मिले ज़ख्म

मेरा घर उजाड़ कर के, तूने क्या सकून पाया
तुझसे से तो वो भला था, घर जिसने मेरा जलाया
माटी का घर था मेरा, माटी से फिर बनाया
बिखरे हुए अश्कों को, कैसे सजोऊँ फिर से
राख़ हो गया जो दिल वो, कब किसके काम आया
मेरी साँसे रुक रहीं थी और होंठ कप कपाए
गहरे ज़ख़्म को तूने, मेरा ढोंग ही बताया
मालिक कसम है तुझको, ऐसा दिन ज़रूर लाना
मेरी राख़ की तपिश को, पड़े उसके काम आना

बिखरे हुए अश्कों को, कैसे सजोऊँ फिर से?

4.

नादानी

एक पल और एक ज़िन्दगी में कुछ अनबन हो गई।
अनजान थी ज़िन्दगी, बोली एक पल से
तुझ जैसे सैकड़ों पल जोड़ कर, बनती है एक ज़िन्दगी
और हर इंसान जीता है उसको।
माना यह सच है, ऐ नादाँ ज़िन्दगी
पर भूल जाती क्यों तू ये, कि अन्त में
मेरे द्वारे पर खड़ा इंसान करता प्रभु को याद है।
एक नहीं, दो नहीं, हर ज़िन्दगी का ही ये राज़ है
मौत जब जकड़ती उसको अपनी बाँहों में
देखती रहती है सारी ज़िन्दगी, खड़ी खड़ी
पर कर न पाती कुछ, उस एक पल के सामने।

भाग दो

कहानियाँ

(कौशल कुमार)

1

पर्वत पीठ पर

पानी की बरसात से पहले रूपयों की बरसात तो हर साल ही होती थी लेकिन इस बार तो जैसे समूचा बादल ही फट पड़ा हो। सड़को, नाली-नालों की सफ़ाई और मरम्मत के लिए, दस गुनी से भी ज्यादा रक़म मंजूर हो गयी और ऐसा लगने लगा कि इस साल नालियों में कचरे की जगह सोना बहेगा। चुनाव वर्ष है न! लेकिन नहीं, कचरा फिर वही अटक गया और सोना भी उसी गड्ढे में गिरने लगा जिसमें चाँदी गिरती थी - एक रूपये में पंद्रह पैसे वाला गड्ढा। कुत्ते ने रसोई से हड्डी चुराई और घूरे पर बैठकर मज़े से चबाने लगा। इंजीनियर कामता नाथ को पाटेनाले की टूटी पुलिया को बनवाने वाले काम से कोई डेढ़ पौने दो लाख की उपरी आमदनी हुई और उन्हानें सोचा “कुछ मौज-मस्ती की जाये। गर्मियां नैनीताल में बिताई जाँए।”

सूटकेस में कपड़ो का एक सेट तो वे हमेशा तैयार रखते ही थे, बस रूपयो वाली अटैची में नोट भरे और चल दिये। वैसे रूपयो की कोई जरूरत तो थी नहीं, मातादीन कांट्रेक्टर साथ जो जा रहा था, फिर भी परदेस में कब कैसी जरूरत पड़ जाये और फिर कामता नाथ तो बड़े ही होशियार किस्म के इंसान थे। नैनीताल जैसी रंगीन ख्वाबगाह में पहुँचकर वे हर मामले में अपने मातहत को शामिल करना मुनासिब नही समझते थे।

ट्रेन में रात आराम से कटी। ए.सी. में बर्थ रिज़र्व हो तो घर और ट्रेन में फ़र्क ही क्या है। लेकिन बेचारे कामता नाथ सो न सके। रूपयो की अटैची सिर के नीचे जो थी। उन्हें मधुसूदन की बारात का वह वाक़या याद था जब चंदू बाबू और हरिहरन दोनों बीच में अटैची पर सिर रखकर एक इस तरफ़ और दूसरा उस तरफ़ पैर करके सोए थे। सवेरे जागे तो दोनों के सिर तो अपनी अपनी जगह सही सलामत थे लेकिन बीच से अटैची गायब! कामता नाथ रातभर जागते रहे और यही अनुभव करते रहे कि वह गाड़ी पर नही बल्कि गाड़ी उन पर सवार है।

भोजीपुरा पर गाड़ी रूकी तो झुटपुटा हो चुका था। चायवाले ने बताया कि गाड़ी देर तक रूकेगी। फ़ारिग होकर दोनों ने हाथ मुँह धोये और चाय पीने लगे। आसपास कोई दूसरी सवारी नही थी। बात मातादीन ने ही छेड़ी। 'साहब! उस मवेशीखाने वाली बिल्डिंग के बारे में बड़ी चिंता है।' 'तुमसे ज्यादा मुझे फ़िक्र है, मातादीन! तुम्हारा तो सिर्फ़ रूपया ही फँसा है, मगर मेरी तो नौकरी का सवाल है, और इज्ज़त का भी।' 'वह समझता हूँ सरकार! मेरा ख्याल है कि सारी बदमाशी मनचंदा की है।' 'साला चीफ़ के मुँह लगा है न! चाहता है सारी रक़म अकेला ही हड़प ले।' 'रामे कहता था कि तीन जगह से पलस्तर उखाड़ कर अनालिस्ट के पास जाँच के लिए भेज दिया गया है।' 'उसकी मुझे परवाह नहीं है। धरमपाल मुझे अच्छी तरह जानता है। पिछले कई मामलों में मैनें उसे अच्छी खासी रकम दिलवाई है। और इस बार भी मैनें उससे हिस्सा देने का वादा कर लिया है।' 'तब तो कोई खतरा न होना चाहिए।' 'खतरा है भी और नहीं भी है। उम्मीद है कि सब काम ठीक हो जायेगा। मगर, अगर कुछ बिगड़ा तो, तो सोचकर कलेजा काँप उठता है।'

'ऐसी नौबत नही आएगी सरकार। मातादीन भी कच्ची गोली खेलने वाला नही है। ऐसा चाँदी का जूता मारकर आया हूं कि चीफ़ चारो खाने चित हो गए होगें। भगवान चाहेगा नैनीताल जाते ही कुछ अच्छी खबर मिलेगी।' 'तुम्हारे मुँह में घी शक्कर। मगर भाई अच्छी ही ख़बर मिले। बाल बच्चेदार आदमी हूँ, इज्ज़त चली गयी तो कहीं का न रहूँगा। 'ऐसा न कहें हुज़ूर। आपका दामन हमेशा बेदाग़ रहा है और हमेशा बेदाग़ रहेगा। आप पर कोई आँच आने को हुई तो रूपयों की बारशि कर दूँगा। साला मनचंदा समझता क्या है आपने को।' 'तुम्हें तो पता ही होगा पिछले साल भी इसने मुझे फांसने की कोशिश की थी। 'नही हुजूर, मुझे कुछ नही मालूम। क्यों क्या

किया था बदमाश ने।' 'किया क्या चीफ़ के दस्तख़त करवाकर शीतला प्रसाद के हाथ हज़ार हज़ार के दस नोट मुझे देने के लिए भेजे।' 'अच्छा शीतला भी साला उधर मिल गया।' 'मगर मै तो साले का बाप हूँ। भाँप गया उसकी चाल, हरामज़ादे को मार के भगा दिया। उल्टे एंटीकरप्शन में रिपोर्ट कर दी।' 'अरे साहब बड़ी अक़्ल चाहिए ऐसा वैसा काम करने के लिए। कोई मज़ाक नही है।'

गाड़ी चलने को हुई तो एक नया मुसाफ़िर डिब्बे में आ गया। दोनों चुप हो गए। कामता नाथ ने खिड़की के बाहर झाँकना शुरू कर दिया और माता दीन सामान समेटने लगा। कुछ दूरी पर गागर रेंज की पहाड़ियां प्रदर्शनी में दिखाए जाने वाले टेबिल मॉडल की तरह मालूम हो रही थी। थोड़ी देर में नैनीताल के मकानों की लाल लाल छतें भी दिखाई देने लगी। कामता नाथ कभी पहाड़ों को देखते तो कभी सामने वाले जंगल को मगर मन कहीं और ही घूम रहा था - कभी मवेशी खाने वाली बिल्डिंग में तो कभी पुराने नालो में और रह रहकर कभी चीफ़ तो कभी मनचंदा उनकी आंखो के सामने आ खड़ा होता। काठ गोदाम से नैनीताल तक का सफ़र बहुत ही तकलीफ़देह रहा। लाख मतली रोकने वाली गोलियां खाई और ड्रायवर से गाड़ी धीरे चलाने को कहा पर सड़क के घुमाव तो कम नही किए जा सकते। जब जब टैक्सी मुड़े कामता नाथ को ऐसा लगे जैसे कलेजा बैठ जायेगा और आँतें बाहर निकल आएँगी। एक बार जो सिर चकराना शुरू हुआ तो लगातार बढ़ता ही गया। नैनीताल पहुंचते पहुंचते शरीर क्या जिंदा लाश रह गयी बेचारे कामता नाथ की।

टैक्सी तल्लीताल के बस स्टेण्ड पर रूकने भी नही पायी कि मैले कुचैले चिथड़ो में लिपटे हुए दर्जनों डोटियात पीछे पीछे दौड़ पड़े। शाब सामान, शाब सामान की आवाज के साथ बहुत से गंदे-गंदे हाथ नबंर खुदे हुए पीतल के पास पकड़ाने की जल्दी में टैक्सी के दोनों ओर धक्का मुक्की करने लगे। कांट्रेक्टर मातादीन इससे पहले भी और कई अफ़सरो को इसी तरह सैर कराने के लिए नैनीताल ला चुके थे। काफी अनुभवी आदमी थे। उन्होनें एक डोटियात से उसका नबंर ले लिया और बाकियों को डांटकर भगा दिया। होटल एजेन्टों को जैसे ही पता लगा कि 'बेस्ट व्यू' पहले से बुक है तो सब खुद बखुद अलग हो गए। अधमरे से कामता नाथ डांडी में लाद दिए गए। थोड़ी दूर झील किनारे किनारे ठंडी सड़क पर चलने के बाद जब उन्हें होश

आया तो पहले शब्द जो उनके मुँह से निकले वह था 'अटैची',... मातादीन अटैची कहाँ है?' ज्योली कोट तक की उन्हें याद थी... स्ट्राबेरी की टोकरी के लिए उन्होनें अटैची से रूपए निकालकर दिए थे लेकिन उसके बाद सब धुंधला धुंधला सा लगता, कुछ साफ़ याद नही आ रहा था।

'साहब अटैची सामान के साथ बंधी है।' मातादीन ने डाँडी के पास जाकर कामता नाथ को इत्मीनान दिलाया। 'और सामान?' 'वह कुली पगडंडी के रास्ते ला रहा है। आप चिंता न करें। एक एक चीज़ गिनकर बंधवा दी है। यहां के कुली भी क्या हैं, पूरे दैत्य हैं दैत्य! एक एक डोटियाल मनों सामान ऐसे लाद लेता है कि लगता है जैसे पीठ पर पहाड़ लादे लिए चला जा रहा हो।' कामता नाथ ने कुछ इस तरह उचककर और गर्दन मोड़कर पीछे देखा कि डांडी वाले लड़खड़ा गए। 'कहां है कुली? मुझे तो कहीं भी नहीं दिखता। अब चिंता के साथ साथ उनका क्रोध भी बढ़ गया था।' 'आप परेशान न हो वह कहीं जा नहीं सकता।'

'जा नहीं सकता! मैं तो समझता हूँ कि वह जा चुका है। तुम इतने बेवकूफ़ हो, यह मैं नहीं समझता था।' कामता नाथ का झल्ला उठना स्वाभाविक ही था। जिस रूपए के लिये वे चीफ़ से झूठ बोले, सुपरिटेण्डेंट की आँखो में धूल झोंकी, जान जोखिम में डाली, नौकरी को दाँव पर लगाया उसे मातादीन ने एक पल में ही कुली के हाथों सौंप दिया। आज कल किसका एतबार किया जाये। चोर उचक्के इस क़दर बढ गए हैं कि इधर नजर घूमी नहीं कि उधर चीज़ गायब। लखनऊ में रिक्शेवाले को दुकान के सामने रोककर रेवड़ियां तौलाने लगे कि इतने में रिक्शेवाला नदारद। गनीमत थी कि चार पांच हजार पर ही बीती थी लेकिन इस बार कुल मिलाकर एक लाख से ज्यादा ही होगा और यह सोचते ही वह हाय राम कहकर सिर पकड़कर बैठ गए।

डाँडीवाले जो अभी तक एक दूसरे को मार्ग का संकेत देते हुए चले जा रहे थे, कामता नाथ को परेशान होता देख परेशान हो उठे। एक ने कहा - "उसने शार्टकट ले लिया है शाब! आप फिकर मत करो, वह हमारा शाथी है, कहीं जा नहीं सकता, न मिले तो हमें पकड़कर बांध लेना।"

कामता नाथ क्या जवाब देते उन्होनें जैसे कुछ सुना ही नहीं। सुनते भी तो डांडीवालो को बांधकर उन्हें क्या मिल जाता। मातादीन साथ ही चल

रहे थे। उन्होनें सुना और जवाब भी दिया - साहब यहां पहली बार आए हैं। साहब को नहीं मालूम कि पहाड़ का आदमी गरीब भले ही हो, चोर नहीं होता।' डाँडी वाले ने अपने लोगो की तारीफ सुनी तो कंधा बदलकर मातादीन के और पास आ गया 'क्या कहें शाब ईमानदारी करने पर तो इतना दुख है, बेईमानी करेगा तो जाने क्या होगा।' मातादीन को डोटियालों की ईमानदारी का विश्वास तो था लेकिन उनकी समझ में नही आ रहा था कि जब सारे देश में बड़े से बड़ा और छोटे से छोटा हर आदमी नोच, खसोट, चोरी और घूसखोरी में लिप्त है, अपने थोड़े से नाजायज फ़ायदे के लिए दूसरे का बडे से बड़ा नुकसान कराने के लिए जब वह ज़रा भी नही हिचकता तो ये बेचारे भूखे, गरीब डोटियाल किस तरह से अब भी अपनी ईमानदारी पूंजी को संजोए रखे हुये है। शायद यह उस शिक्षा से अछूते रहने का परिणाम है जिसने हमारी धर्मभीरूता तो हमसे दूर कर दी किंतु उसके स्थान पर चरित्र का जो निर्माण करना था वह न कर सकी।

डाँडीवाले ने मातादीन को सोच में पड़ा हुआ देखकर कहा 'मगर शाब ईमानदारी के एक पैशे में जो सुख है, वह बेईमानी के हज़ार रूपए में नहीं। गरीब औरों की निगाह में चाहें जितना नीचा हो, अपनी निगाह में ऊंचा रहता है। मगर बेईमान तो खुद अपनी निगाह में ही नीचा हो जाता है। कोई तीन शाल हुए पेटी से एक शेब चुराकर खाया था शो आज तक आत्मा थू-थू करता है।'मातादीन सोच रहा था 'हमारा आत्मा थू-थू क्यों नही करता। लाखों की बेईमानी करने के बाद भी हमें ग्लानि क्यों नही होती।

अब डांडी अचारपारा से गुजर रही थी। नीचे चमकती हुयी झील में पालदार नावें मानसरोवर में राजहंसो के समूह जैसी तैर रही थी। पहाड़ी ढलान पर बने हुए मकानों की परछाइयां लहरो की असंख्य हिलोरें के बीच कभी बनती कभी बिखर जाती। झील के कोने पर नैनादेवी का शांत और सुरम्य मंदिर। फ़्लैट के चारो ओर घोड़े दौडाते हुये टूरिस्ट। कोई बाइना कुलर के सहारे दूर की देखने की कोशिश कर रहा है तो कोई कैमरे के सहारे जीवन के मधुर क्षणों को स्थाई बनाने में तल्लीन। लेकिन मातादीन डांडी के साथ साथ ऐसे चला जा रहा था जैसे किसी मैययत में शरीक होकर क़ब्रिस्तान जा रहा हो। कामता नाथ अब भी आँखे मूंदे वैसे ही पड़े थे। मातादीन ने समझा साहब सो रहे है, सोचा अच्छा है, आराम कर लेने दो।

डाँडीवाले थक गए तो डाँडी एक चट्‌टान पर रखकर सुस्ताने लगे। बेस्ट व्यू के लिये दो चढाईयां और बाकी थी। बड़ी जानलेवा चढ़ाईयां। सामान वाला मेट अभी तक कहीं नज़र नही आ रहा था। मातादीन ने उपर से तो कामता नाथ को इत्मीनान दिला दिया था लेकिन अंदर से मन ही मन वे खुद भी परेशान हो चले थे। 'अगर कामता नाथ का संदेह ठीक निकला और कुली सचमुच चोर ही निकला तो क्या होगा? सैर का सारा मज़ा किरकिरा होगा तो होगा ही अपने तो लेने के देने पड़ जायेगें।' डाँडीवालो की साँस फूल रही थी, माथे से पसीना चू रहा था लेकिन मातादीन ने उन्हें एक मिनट से ज्यादा रूकने की इजाज़त नही दी।

बेस्ट व्यू पहुंचकर मातादीन ने जब देखा कि सामान वरांडे मे रखा है तो उसकी जान में जान आई लेकिन नज़दीक पहुंचने पर चेहरा फक हो गया। अटैची खुली थी और रूपये गायब। उसने सोचा 'अभी तो साहब सो रहे है, लेकिन कभी न कभी तो जागेगें ही, क्या जवाब देगा वह उनको। इतनी देर में डाँडी भी आ गयी और मातादीन ने देखा कि साहब जग गए है। मातादीन के हाथ में खुली हुयी खाली अटैची देख कर कामता नाथ को सारी बात समझने में देर न लगी। 'पुलिस को इत्तला करो मातादीन। खड़े-खड़े क्या कर रहे हो? कामता नाथ से मारे दुख और क्रोध के अधिक बोला न गया। इधर साहब लोगो के आने की आहट सुनकर डोटियाल, जो नीचे की रिटेनशनवाल के पास बैठा बीड़ी पी रहा था, उठकर आ गया।

'शाब आप लोग भी गज्जब कर देता है। बक्शा ठीक से बंद नही किया। राश्ते में गिर पड़ा तो शब नोट निकल पड़े। हमसे बंद नही हुआ तो हमने बांध लिया। एक मैले कपड़े की गठरी थमाते हुए उसने कहा - यह लीजिए संभालिए। कामता नाथ ने एक एक नोट संभाल संभालकर गिना। नोट पूरे थे। डाँडीवाले खुश हो गए। एक ने फबती कसी 'शाब तो भोत डर रहा था।' डोटियाल ने कान पकड़े 'ना शाब ना, चोरी नही करेगा।यह देखो शाब! उसने पीठ खोलकर दिखाई।

'बोझा ढोते ढोते कमर टूट गयी... कितना बड़ा कूबड़ निकल आया है। यह कूबड़ नही है शाब! पाप है पाप जो पत्थर बनकर हर शमय हमारी पीठ पर शवार रहता है।... अच्छा शाब! बक्शीश, भोत देर हो रही है। और उसने हाथ फैला दिया। मातादीन ने पचास रूपए का एक नोट उसके हाथ

पर रख दिया और वह सलाम करके मुस्कुराता हुआ बीड़ी की धुआं छोड़ता जिस शार्टकट से आया था, उसी से चला गया।

सब सामान ठीक से लग गया तो कामता नाथ नहाने के लिऐ चले गये और मातादीन खिडकी के पास बैठकर बाहर का नज़ारा देखने लगा। इस बंगले का नाम बेस्ट व्यू कितना ठीक है। ऊपर की तरफ़ देखो तो कैमेल्स बैंक की चोटी कितनी खूबसूरत मालूम होती हैं। नीचे की तरफ देखो तो नैनी झील ऐसी लगी है जैसे किसी बहुत बड़े कंगन में कोई नीलम तराशकर जड़ दिया गया हो। फ्लैट्स का मैदान भी साफ़ साफ़ दिखाई देता है और माल रोड भी।

मातादीन अपने ख़यालों में इतना डूबे हुए थे कि डाकिये की आवाज़ उन्हें सुनाई ही न दी। कामता नाथ ने गुसलखाने से आवाज़ लगाई 'ज़रा देखना तो सही कौन पुकार रहा है। मातादीन ने बाहर जाकर देखा। कूरियर से लिफ़ाफा आया था। सूचना पढ़ते ही वह खुशी के मारे उछल पड़ा और चिल्लाया - 'साहब! सुना, मवेशी खाने वाली बिल्डिंग का कंस्ट्रक्शन पास हो गया। मिलावट वाला चार्ज गलत साबित हो गया। कामता नाथ बदन पोंछते हुए बाहर निकल आए। 'मैं कहता था न साला मनचंदा सर पटककर मर जाय हमारा कुछ नही बिगाड़ सकता। 'साहब! धरमपाल ने भी बहुत साथ दिया।' 'साथ क्यों नही देता, तुम्हारे तरफ़ से मैनें दस हज़ार बोल जो दिये थे।' 'कोई बात नही सरकार! आपका इक़बाल बुलंद रहे।'

कामता नाथ सिर और मुंह पोछ चुके तो तौलिए से पीठ रगड़ने लगे। कुछ रूककर उन्होनें हाथ को पीठ पर रखते हुए मातादीन से कहा, 'मातादीन ज़रा देखना तो सही यह मेरी पीठ पर कड़ा-कड़ा क्या है? 'कुछ नहीं रीढ़ की हड्डी है सरकार!' 'मगर आज यह मुझे कुछ ज्यादा उभरी हुई मालूम हो रही है।' 'नहीं सरकार! आपको ऐसे ही लग रहा है। 'हो सकता है', कहकर वे लेटने चले गए। बेहद थके थे। बिस्तर पर लेटते ही औंघाने लगे। लेकिन थोड़ी देर में ही उन्हें अपनी पीठ में कोई चीज़ बड़ी जोर से गड़ती हुई सी अनुभव हुई और उन्हें ऐसा लगा कि पीठ पर एक पत्थर सा उभरता चला आ रहा है बड़ी तेज़ी से, बड़ी सख्ती से और वह पत्थर बढ़ता ही गया, बढ़ता ही गया। धीरे-धीरे उसने पहाड़ की चोटी का रूप ले लिया बिल्कुल कैमेल्स बैक की तरह!

2

लाली मेरे लाल की

झूठ बोलने की मेरी आदत नहीं और सच बोलने की हिम्मत नहीं, इसीलिए बाज़-बाज़ मौक़ों पर चुप ही रह जाना पड़ता है। कितनी बार सोचा, क़समें खाईं कि आज सब कुछ साफ़-साफ़ कह दूँगा लेकिन ऐन मौक़े पर ज़ुबान में ताला पड़ गया, मुँह से एक बोल भी न फूटा। वैसे कोई बच्चा नहीं हूँ। एम.ए. में पढ़ता हूँ। उम्र भी कुछ कम नही, पूरी इक्कीस वर्ष की है। स्कूल के ज़माने के कितने ही मेडल सन्दूक में पड़े है। आज भी जब यूनिवर्सिटी की मॉक पार्लियामेंट में विरोधी दल के नेता की हैसियत से बोलने खड़ा हो जाता हूँ तो पूरे हाउस में पिन ड्रॉप साइलेन्स हो जाता है, किन्तु अपने व्यक्तिगत मामलों में मैं इतना बुज़दिल और कमज़ोर क्यों हूँ? किसी से अपने हृदय की बात कहने का साहस मुझे क्यों नही होता?

डेल कार्नेगी की 'हाऊ टु विन फ्रेन्ड्स ऐन्ड इन्फ्लुएन्स पीपुल' एक नहीं चार बार पढ़ चुका हूँ, परिचय भी कुछ कम लोगों से नहीं यूनिवर्सिटी जाते समय रास्ते में 'नमस्ते' की संख्या पचास से इक्यावन भले ही हो जाय, उन्चास नहीं रहने पाती। यह सब है मगर उन दो क्षणों के लिए सारी मर्दुमी न जाने कहाँ हवा हो जाती है। वाक् शक्ति को जाने क्या हो जाता है? साकार मूर्ति के आगे निराकार भावनाँए जाने क्यों मूक हो जाती हैं?

हालाँकि कितनी ही पिक्चर्स में देख चुका हूँ, उपन्यास और कहानियों में पढ़ भी चुका हूँ कि बस एक बार आँख का मिलना चिरमिलन की भूमिका तैयार करने के लिए पर्याप्त होता है। साइकिल से साइकिल लड़ जाय, रेल

या बस में आमने-सामने बैठने को मिल जाय, किसी पार्टी में एक साथ चाय पानी हो जाय, बस समझ लो कि प्रेम का बीजारोपण हो गया। दुनियाँवाले कहते है कि वन महोत्सव के लिए तो जुलाई का इंतजार करना पड़ता है, लेकिन इश्क के बिरवे लगाने के लिए घड़ी सायत की कोई क़ैद नहीं। प्रेम जगत में, हर मौसम बरसात, हर नवजवान का दिल कटावग्रस्त भूमि और हर तरूणी के कटाक्ष राज्यपाल के कर कमल है। दुनियाँवाले तो यह भी कहते है कि अब चचा ग़ालिब वाला वह ज़माना नहीं रहा जब इश्क एक आग का दरिया हुआ करता था और आशिक़ को उसमें डूब के जाना पड़ता था।

आजकल तो 'है इश्क बहुत आसाँ, बस इतना समझ लीजे, लैप-टाप खोलना है और चूहे को घुमाना है।' मगर मेरा चूहा तो घूमते-घूमते चूहे से चूहियो हो गया फिर भी अनारकली की कौन कहे छिपकली तक नहीं नसीब हुई।

अलबत्ता उस दिन यूनिवर्सिटी जाते समय आज़ाद पार्क के क्रासिंग पर एक साहबजादी अपने कालेज से लौटती हुई नज़र आई तो मुझे ऐसा लगा कि मानो काफ़ी दिनों से मेरे हृदय में बसने वाली आदर्श जीवनसंगिनी की कल्पना साकार हो गई हो। मैं अपना संपूर्ण साहस बटोर कर थोड़ी देर तक बिल्कुल उसके साथ-ही-साथ चलता रहा, इतने में उसकी एक कापी हाथ से छूटकर सड़क पर गिर पड़ी- एक सिनेमा अथवा उपन्यास के नायक के लिए यह स्वर्ण अवसर था जिसे वह कभी भी हाथ से न जाने देता। मैनें भी सोचा ऐसे मौक़े बार-बार नहीं आते कापी उठाकर दे दूँ, कम-से-कम उँगलियों से उँगलियाँ ही छू जाएँगी और न सही कुछ थोड़ा-सा धन्यवाद ही मिल जायगा। किन्तु वैसे ही अनायास - मेरे न चाहते हुए भी - करीब साल भर पहले की ऑखों देखी घटना की रोमांचकारी चित्र आँखो के सामने आ उपस्थित हुआ, जब मेरे ही सामने किसी कालेज की कई लड़कियों ने मिलकर मेरे परिचित यूनिवर्सिटी के एक हीरो की अपनी सैन्डलों और चप्पलों द्वारा ऐसी अनवरत पूजा की, कि बेचारे को भागते न बन पड़ा और दूसरे दिन अख़बारवालों ने प्रथम पृष्ठ पर घटना का सचित्र वर्णन छापकर अपना सेल दूना कर लिया था - बस दम सूख गया, हाथ पैर फूल गए घिग्घी बँध गई, एक शब्द भी ज़बान से बाहर निकलने को तैयार न हुआ। इसी बीच उन्होनें कापी उठा ली और पास के मकान का दरवाजा खोलकर ऊपर चढ़ती चली गई। करता क्या, मन मारकर, अपनी बुज़दिली को कोसता हुआ लौट आया।

तीसरे पहर जब कि मेरी आँखे किताबों के सामने लगे हुए ढेर और नोट्स की खुली कापी की ओर घूर-घूर कर घर वालों को हमारी अध्ययनशीलता से प्रभावित कर रही थी और मेरा मन फ़िल्मी नायक की काल्पनिक भूमिका को वास्तविक रूप देने की आंकाक्षा से इधर-उधर और ना जाने किधर-किधर भटक रहा था तभी आकाश पर प्रातःकाल से छाए हुए काले-काले मेघों ने अपना चिर संचित मुक्ताकोष लुटाना प्रांरभ कर दिया, और एक नवीन-योजना मेरे दिमाग़ में आई। सोचा, इसी वक्त भीगता हुआ उसके मकान तक जाँऊ और पानी से बचने का बहाना करते हुए उसके मकान के छज्जे के नीचे खड़ा रहूँ। सम्भव है ऊपर से कोई हमें इस अवस्था में व्याकुल देखकर अन्दर बैठ जाने को कहे। शायद चाय वगैरह के लिए भी पूछे और आगे का सिलसिला बढ़े, उनके दर्शन हो जायँ और घरवालों से परिचय भी।

'भावना से कर्तव्य ऊँचा होता है' यह सोचकर तुंरत चल पड़ा और काफी देर तक छज्जे के नीचे खड़ा-खड़ा ख्याली पुलाव पकाता रहा। पानी अब सचमुच काफी तेज हो चुका था, खड़े-खड़े काफी देर भी हो गई, और न पानी रूक रहा था। पैर दुखने लगे, जी बैचेन हो उठा और मैं मन-ही-मन अपनी बेवकूफी पर खीझने लगा। अचानक खट से ऊपर की खिड़की के खुलने की आवाज हुई। मिटती हुई आशा पुनः जी उठी, उत्सुकता चरम सीमा पर पहुँच गई।

सोचा, छज्जे से ज़रा बाहर की तरफ हटकर खड़ा हो जाऊँ ताकि ऊपर की खिड़की से साफ-साफ देखा जा सकूँ। अगर थोड़ा भीग भी जाऊँगा तो क्या हुआ, आना तो सफल हो जायगा, किन्तु निगाह ऊपर नही उठाई, सोचा इसमें अपना पलड़ा हल्का पड़ जायगा। बस यही इन्तज़ार था कि ऊपर से पतली सी आवा आए- 'अरे आप भीग क्यों रहे हैं? अन्दर आ जाइये ना! देखिये अभी कमरा खुलवाये देती हूँ। इतने में खिड़की फिर खटकी, निगाह घुमाकर ऊपर देखा तो किसी का सर पीछे जाता हुआ दिखाई पड़ा और फिर वैसे ही एक हाथ उठा और खट से खिड़की फिर बन्द हो गई, और बन्द हो गई मेरी कल्पना की उड़ान।

घर वापिस आया तो माताजी चाय का पानी गरम कर रहीं थी बोली मेरे लाल! तू कहाँ चला गया था, इस आँधी पानी में और फिर पीठ की ओर देखकर बोली, 'अरे! यह दाग़ कहाँ से लगा लाया इस नए कोट में?

‘कैसा दाग? कहकर जो कोट उतारकर देखा तो पान की एक लम्बी लाल-लाल पीक अपनी पूर्णरूपेण व्यापकता के साथ हमारे कोट की पीठ की शोभा बढ़ा रही थी।’

उस बहुमूल्य लाली को खिड़की के खुलने और बन्द होने से सम्बन्ध समझने में मुझे देर न लगी। किन्तु कहता क्या? झूठ बोलने की मेरी आदत नहीं और सच बोलने की हिम्मत नहीं, इसीलिए बाज़-बाज़ मौक़ों पर चुप ही रह जाना पड़ता है।

3

मृत्युंजयी दादा

कुछ क्षण ऐसे होते है जिनके खो जाने की टीस मन को जीवनपर्यन्त सालती रहती है। ऐसा ही एक क्षण मैनें कोई बारह साल पहले, नागपुर से हैदराबाद जाते हुये खो दिया था।

सतीश दादा की चिता में अपने हाथों आग न लगाई होती, तो उस सुबह रेल के डिब्बे में अपने सामने बैठे सज्जन के जूतों की धूल हाथ से पोंछकर कब का अपने माथे से लगा चुका होता।

हूबहू वैसी ही काठी, ठीक वैसा ही पक्का रंग, वैसे ही नाक नक्श, वैसे ही चाँद पर गिनती के बीस बाल। सब कुछ वही। पर पहनावा! यह क्या हो गया? बुशर्ट तो उन्होने कभी छुई भी नही और पैंट भी कैसा? इतने कसे चुस्त पैंट का कैसा मजाक उड़ाते थे वह। कहते थे – 'यह तो तानपुरे पर चढ़ा हुआ गिलाफ़ है।'

'ग़नीमत है कि काले डरबी शू और सुनहरे फ्रेम का बाईफोकल चश्मा नहीं बदला, लेकिन सामनेवाले दाँत का कोना कब टूट गया?' मैं ऐसे सोचने लगा जैसे दादा सचमुच ही हमारे सामने बैठे हों।

वे पहले से ही बैठे हुये थे, मैं बाद में आया था। उनकी उम्र कोई पैंतीस साल के आसपास होगी। तीस साल पहले सतीश दादा भी पैंतीस के ही थे। दादा का लड़का रमेश तब मात्र दो बरस का था। उसे गोद में लेकर मैने ही दादा का दाह संस्कार करवाया था।

रमेश की मैं उतनी देखभाल कहाँ कर पाया जितनी सतीश दादा ने मेरी की थी। मुझसे सिर्फ पांच साल ही बड़े थे लेकिन पिता का प्यार और सुरक्षा देकर उन्होने ही मुझे पढ़ाया, लिखाया, बड़ा किया। जब छोटा था तो उन्होने मुझे अपने हाथो से कौर-कौर खिलाया। कोई भी अच्छी चीज़ लाते, सबसे पहले मुझे ही देते। फल तो मैनें कभी छीले या काटे ही नहीं। खुद ही साफ करते और फांक मेरे मुँह में रखते चले जाते।

दादा के अत्यधिक दुलार ने मुझे काफी कुछ बिगाड़ भी दिया था। उन दिनों मैं इटंर में पढ़ता था। दोस्त-यारों के चक्कर में खुराफात सीख गया और पैसे चुराने लगा। एक बार दादा के पर्स से मैनें पचहत्तर रूपये चुरा लिये। वे जान गए, मगर मुझसे कुछ नही कहा। बस पर्स में ज्यादा रूपये रखना छोड़ दिया, अधिक से अधिक पांच का एक नोट और कुछ रेज़गारी ही रखते। उनका वह कई पर्त वाला काला पर्स मुझे अभी तक याद है।

अपनी बदनसीबी क्या कहूँ! जिसने मुझे अपने बेटे की तरह पाला, अपना सारा प्यार और दुलार दिया, और जिसने अपनी जान पर खेलकर मुझे मरने से बचाया, मैं ही उसकी मौत का कारण बन गया। मेरी ही वजह से वे भरी जवानी में ही इस संसार से विदा हो गए।

भीषण गर्मी के दिन थे। मैं उन दिनों गाँव गया हुआ था। अचानक उस क्षेत्र में कालरा फैल गया। सफ़ाई और इलाज की कोई व्यवस्था न होने से, एक के बाद एक, लोग धड़ाधड़ मरने लगे। सतीश दादा ने सुना तो घबरा गए। शहर का कोई डाक्टर उतनी दूर जाकर गाँव में इलाज करने को तैयार न हुआ तो दादा खुद ही दवा लेकर गाँव पहुंचे और बीमार लोगो को दवांए दी। मेरी हालत बहुत खराब हो चुकी थी और बगैर अस्पताल में भर्ती कराए मेरा बचना असंभव था। दादा ने, न जाने क्या क्या उपाय किए। जहाँ गाड़ी मिली वहां गाड़ी की, जहां गाड़ी नही मिली वहां पीठ पर लादकर ले गए। रास्ते भर दवाँए देते रहे और दस्त साफ़ करते रहे और किसी न किसी तरह मुझे अस्पताल में भर्ती करवाकर ही दम लिया। मैं तो मरणासन्न था। मौत से मेरी लड़ाई तो दादा ने ही लड़ी। उन्हीं की दौड़ धूप और तीमारदारी का नतीजा था कि मैं बच गया।

मैं तो बच गया लेकिन मेरी छूत दादा को लग गयी। हैज़े ने उन्हें भी पकड़ लिया और तीन दिन के अंदर ही अंदर उनकी हालत ऐसी बिगड़ गयी कि उन्हें बचाया न जा सका।

उल्टी, दस्त और फिर उल्टी। मिनट मिनट पर दस्त, पानी जैसे पतले दस्त। कोई सफ़ाई के लिये तैयार नही, कोई देखरेख करने वाला नही। मेरा तो उठना बैठना भी मुश्किल। दूर से ही पड़ा पड़ा दादा की दुर्दशा देखता और रोता रहता। बड़ी मुश्किल से उन्हें भी अस्पताल पहुंचाया गया, लेकिन तब तक बहुत देर हो चुकी थी। अस्पताल में इलाज शुरू हो पाता इससे पहले ही दादा चल बसे।

सामने बैठे हुये सज्जन अंग्रेजी बहुत अच्छी बोल लेते थे। लेकिन हिन्दी उन्हें बहुत कम आती थी। शायद तेलगु थे। मै अंग्रेजी समझ तो लेता हूं लेकिन ठीक से बोल नही पाता। किंतु हम दोनों के बीच संवाद की कोई कठिनाई अनुभव नही हुई। मेरी हिन्दी मिश्रित टूटी फूटी अंग्रेजी और उनकी अंग्रेजी मिश्रित तेलगु उच्चारित हिन्दी कब अपने आप ही एक अत्यंत स्वाभाविक और बोधगम्य माध्यम बन बैठी, यह हम दोनों ही न जान पाए।

उनका नाम पी. रामाराव था और वे काज़ीपेट जा रहे थे। मुझे हैदराबाद जाना था। जिस समय मैं अपनी सीट पर आकर बैठा, वे संतरा ख़रीद रहे थे। संतरा छील कर उन्होनें पास बैठे लोगों की तरफ बढ़ाया। सबने एक एक फाँक उठा ली। मेरी तरफ भी बढ़ाया, मगर मेरे हाथ बैग रखते समय मिट्टी से सन गए थे। मैने अपने गंदे हाथ दिखाकर धन्यवाद देते हुए अपनी मजबूरी जताई तो उन्होनें एक फाँक अच्छी तरह से साफ करके मेरे मुँह की तरफ बढ़ा दी। मेरा मुँह अनायास ही खुल गया और उन्होनें फाँक मेरे मुँह के अंदर रख दी। सभी यात्री खिलखिला कर हँस दिए।

बातों ही बातों में उन्होनें बताया कि वे बहुत दु:खी और परेशान है। काज़ीपेट से कोई दस पंद्रह किलोमीटर दूर गाँव में उनका छोटा भाई अचानक बीमार हो गया है। उसे कालरा हो गया है और उसकी हालत बहुत खराब है। वे जल्द से जल्द उसके पास पहुंचना चाहते है। गाँव में कोई क्वालीफाइड डाक्टर भी नही है। कई लोग अपनी जान गवां बैठे है। पता नही क्या हाल हो उसका यह बताते हुए वे लगभग रो से पड़े।

इसी बीच कोई चीज़ उनकी सीट से गिरकर मेरे पैरों से टकरायी। मैनें झुककर देखा, बड़ा सा काला पर्स था। शायद संतरे वाले को दाम देने के बाद वे उसे वापस जेब में रखना भूल गए हों। मैने पर्स उठाकर उन्हें दे दिया और कहा "आपको अपना पर्स ऐसे बाहर नही छोड़ना चाहिए।"

उन्होनें पर्स खोलकर दिखाया – "इसमें है ही क्या? मै ज्यादा रकम पर्स में रखता ही नहीं। पाकेटमार की निगाह ज्यादातर पर्स पर ही रहती है।" और वह अपनी होशियारी पर खुद ही हँस दिये।

वे हंसकर चुप हो गए। मगर मेरा मन चुप न रह सका। अंदर ही अंदर बोलता रहा – "उस बार तो तू लाचार था इसलिये कुछ न कर सका। इस बार तो तू लाचार नही है। ये मौत के मुँह में जा रहे है। तुझे इन्हें बचाना ही होगा।"

मैं भाग्य, चमत्कार या पुर्नजन्म में बिल्कुल विश्वास नही करता लेकिन न जाने क्यों उस दिन मुझे ऐसा लगा कि इस आदमी के प्राणों की रक्षा करना मेरा नैतिक दायित्व है। मैने घबराकर कहा – "मेरी आपसे प्रार्थना है, आप काज़ीपेट मत जाइए।"

वे भौचक्के से मेरी ओर देखने लगे – "यह आप क्या कह रहे है। मैं तो चाहता हूँ मेरे पंख लग जाँए और मैं उड़कर अपने भाई के पास पहुँच जाऊँ।"

"देखिए मैं आपसे विनती करता हूं कि आप वहाँ न जाएँ। आप अपने भाई का पता लिखकर मुझे दे दें। मै हैदराबाद न जाकर वहाँ चला जाऊँगा। आप विश्वास रखिए मैं उनका अच्छे से अच्छा इलाज करवाऊँगा और उन्हें बिल्कुल चंगा करके ही वहाँ से हटूँगा। पर आप वहाँ न जाँए। मैने आग्रहपूर्वक कहा।

"मेरे वहाँ जाने से आपको क्या तकलीफ है?" उन्होनें परेशान होकर पूछा।

"मुझे नही, पर आपकी जान को खतरा है।" मैने दुखी होकर बताया।

वे चकित होकर बोले – "आप कैसी बातें कर रहे है? वह हमारा पैतृक गांव है, सब हमारे अपने ही है। वहाँ मेरा कोई दुश्मन नहीं। मेरी जान को कोई खतरा नहीं है।"

"अच्छा तो फिर मैं भी आपके साथ चलूंगा। आपके भाई की देखभाल मैं करूंगा।" मैने अपना हठ नही छोड़ा।

वे संकोच में पड़ गये। बोले – "वैसे तो आपका हमारे घर में सदा ही स्वागत है। लेकिन इन परिस्थितियों मैं मैं आपको कैसे ले चल सकता हूँ।

आप हमारे प्रदेश की भाषा भी नही समझते, फिर आपकी आयु।"

"कुछ भी हो, मैं आपके साथ अवश्य चलूंगा। आप ले चलें या न ले चलें। मैं ज़बरदस्ती चलूंगा। मेरी आवाज़ में मेरा दृढ़ निश्चय बोल रहा था।

काज़ीपेट आने ही वाला था। वे अपना सामान संभालने लगे।

मैं भी उनके साथ उतरने के लिए अपना सामान संभालने लगा। यह देखकर उन्होनें अन्य सहयात्रियों से अंग्रेजी में कहा - "देखिये, इन सज्जन को मेरे साथ उतरने मत दीजिएगा। मैं जानता हूं इन्हें हैदराबाद में जरूरी काम है, इनका वहीं उतरना ठीक रहेगा। बुढ़ापे की वजह से ये सनकिया गए है। दिमाग़ को खून की पूरी सप्लाई न मिलने से साठ सत्तर की आयु के बाद कुछ लोगो को हेल्यूसिनेशन या पैरानोइआ जैसा मानसिक रोग हो जाता है। ऐसे लोग ख्याली दुनिया को बिल्कुल असली समझकर उलूल जुलूल हरकतें करने लगते हैं। हो सकता है इन्हें रोकने के लिए आप लोगो को बल प्रयोग करना पड़े, पर किसी भी तरह आप इन्हें हमारे साथ उतरने मत दीजियेगा। फिर उन्होनें मेरे सिर पर बड़े प्यार से हाथ फेरते हुए कहा- "हैदराबाद पहुंचकर आप वहाँ किसी अच्छे मनोरोग विशेषज्ञ को अवश्य दिखला दीजिएगा। रोग बढ़ गया तो परेशानी हो जाएगी। भगवान करे आप शीघ्र अच्छे हो जाएं।"

वही हुआ जो उन्होनें कहा था। मेरे काज़ीपेट उतरते समय चार लोगो ने मुझे कसकर पकड़ लिया और तब तक नही छोड़ा जब तक गाड़ी स्टेशन छोड़कर बहुत आगे नही निकल गयी।

"यह क्या किया आपने? प्रायश्चित करने का एक मौक़ा मिला था, उसे भी आपने हमसे छीन लिया।" मैं सिर झुकाकर मन ही मन पी. रामाराव को प्रणाम करता रहा और अपने दुर्भाग्य पर पछताता रहा - "हे प्रभो! आपकी दया भी कितनी निर्दयी है।"

4

बहराम नगरी, बेरहम राजा

कहावत है कि जब गीदड़ की मौत आती है तो वह शहर की तरफ़ भागता है और जब ईमानदार अफ़सर की आती है तो वह बहरामाबाद आ जाता है। जी हाँ! वही बहरामाबाद जिसे बहराम चोट्टे ने बसाया था। जी हाँ! वही सुविख्यात (?) बहराम चोट्टा जिसकी अद्‌भुत छलाँग से अभिभूत होकर उसकी ख़ालिस आबनूस की मूर्ति बनवाकर अंग्रेज़ सरकार ने लखनऊ की सबसे आलीशन कचहरी रौशन दौला कचेहरी के सबसे ऊँचे बुर्ज़ पर स्थापित करवाई थी।

संसार में किसी भी चोट्टे को इतनी इज्ज़त आज तक नहीं मिली जितनी बहराम चोट्टे को अँग्रेज़ो ने बक्शी थी। किन्तु स्वतंत्रता प्राप्त होते ही उसे कुइन विक्टोरिया, जार्ज पंचम और सर हार्ड कोर्ट बटलर और उनके घोड़े की सजीव मूर्ति के साथ साथ पुरातत्व विभाग की किसी गुप्त क़ब्रगाह में दफ़्न कर दिया गया है। मगर देश के तमाम महान चोट्टे आज भी एकलव्य की तरह घर के किसी एकान्त कोने में बहराम की आदमकद प्रतिमा बनाकर, उसी की छत्र-छाया में चौर्य-कर्म का अनवरत अभ्यास करते हैं और बहराम की दया से, बड़े से बड़ा कीर्तिमान स्थापित करते जा रहे हैं।

राज से स्वराज्य तक बहराम चोट्टे और उसके शिष्यों की कथा, एक निराली ही कथा है। लेकिन वह कथा फिर कभी। आज तो बहरामाबाद के निकट बसे एक छोटे से गाँव का एक निहायत मामूली सा हादसा -

बीरबाबा के चबूतरे पर बैठे दो लोग कुछ खुसुर-पुसुर कर रहे हैं।

'ये जाने किसके सिर पर मौत मंडरा रही हैं कि उसने स्कूल की बिल्डिंग के खिलाफ़ शिकायत दर्ज करवा दी है।'

'सुना है कलेक्टर खुद मोआइने के लिए आ रहा है।' बूढ़े पटवारीजी ने अधबूढ़े हेडमास्टर जी को आगाह किया।

हेडमास्टर दीनानाथ त्रिवेदी जो मात्र दीन थे ओर जिनका नाथत्व अथवा वेदों से दूर का भी नाता न था, पटवारीजी की घबराहट को देखकर हँस दिए – 'कहीं यह उस डिप्टी वाला क़िस्सा न हो, जिसे पिछली बार तुमने डिप्टी कलेक्टर समझ कर नदी पार कराते समय पहले तो कंधे पर बिठा लिया था, लेकिन जब बीच नदी में बातों-बातों में पता चला कि वह कलेक्टर नही डिप्टी इंस्पेक्टर आफ़ स्कूल्स है तो उसे वहीं नदी में पटक कर आ गए थे।'

'नहीं, पंडित, इस मुग़ालते में मत रहना। वह बात और थी, वह ज़माना और था। इस बार हर तरफ़ अफ़रा तफ़री मची हुई है। कहीं कुछ गड़बड़ हुआ तो दोनों की रोज़ी रोटी पर आ जाएगी। कुछ नहीं तो तबादला तो समझो हुआ ही रखा है। वह भी यहाँ वहाँ का नहीं, सीधे बॉगरमऊ का।

'जानता हूँ मुंशी जी! अच्छी तरह से जानता हूँ। हम लोग तो 'दो चक्किन के बीच में साबुत रहा न कोय' वाली स्थिति में पिस रहे हैं, पर करें तो क्या करें?

'करोगे नहीं तो मरोगे। मैं कहता हूँ अभी भी वक़्त है। बहरामाबाद कौन कोसों दूर है। जाओ, गिड़गिड़ाओ, हाथ जोड़कर विनती करो कि बस दो दिन के लिए ही सही, कम से कम दो कमरों में टाट-पट्टी रख लेने दें। मोआइना ख़त्म होते ही सब फिर जैसा का तैसा...'

'कहा था। हाथ जोड़कर ही नहीं पैर पकड़ कर चिरौरी की थी, पर उसने तो बंदूक तान दी मेरे सीने पर और गरज पड़ा – ख़बरदार! पंडित तिरबेदी। जो दुबारा यह बात ज़बान पर लाए। बरसात की झड़ी देख रहे हो, लग जाती है तो रूकने का नाम नहीं लेती। आज खुला है, कल बरस पड़े क्या ठिकाना? दो दिन क्या दो घंटे भी भूसा बाहर पड़ा रह गया तो सड़कर मिट्टी हो जाएगा और भैसों की क़ीमत तो तुम जानते ही हो। खुले में छोड़ दी और दो चार इधर-उधर हो गयीं तो उनकी भरपायी कौन करेगा? तुम?

बिना साँस लिए वह गरजता रहा – "तुम्हारे स्कूल के मोआइने के लिए, मैं अपना लाखों का भूसा और करोड़ों की भैसें बरबाद करवा दूँ! वाह! पंडित! वाह! क्या अक़्ल पाई है तुमने भी। सारा लिखा पढ़ा गुड़ गोबर कर दिया।'

मैनें पूछा, कि 'मुझसे पूछा गया तो क्या जवाब दूँगा।' तो वह और ज़ोर से गरज उठा – 'फिर वही, कुत्ते की दुम, अब एक परधान तुम्हें अपनी गोद में बिठाकर समझाए कि कोई क्या पूछे तो क्या जवाब दोगे। तुम्हारी अक्ल कहीं चरने चली गयी है क्या? देखो पंडित! मैं थोड़ा कहता हूँ पर तुम इसे समझना बहुत। समझे कि नहीं। नही समझे हो तो कहो फिर समझा दें? और उसने भरी बंदूक एक बार फिर मेरे सीने पर तान दी। मरता क्या न करता, कह दिया– 'समझ गया हुज़ूर, सब समझ गया।'

'तो क्या सोचा है? कल क्या करोगे?' पटवारी को जिज्ञासा हुई।

'कल की कल जाने। रामजी रक्षा करेगें, जैसे अभी तक करते रहे है।' हेडमास्टर को विश्वास था कि सब कुछ हमेशा की तरह इस बार भी रफ़ा-दफ़ा हो जाएगा।

फिर भी दूसरे दिन त्रिवेदीजी ने सवेरे मुँह अँधेरे ही उठकर स्कूल के नाम का उल्टा टँगा बोर्ड सीधा किया और उस पर जमी हुई धूल मिट्टी को पानी से रगड़ रगड़ कर धोया। जब 'राजकीय प्राथमिक पाठशाला' झलकने लगा तो वह घर घर जाकर बच्चों को इक्ट्ठा करने लगे।

बड़ी मुश्किल से सात बच्चे आने को तैयार हुए – दो लड़के और पाँच लड़कियाँ। बाक़ी सबके माँ-बाप ने अपने बच्चों को बरसात के दिनों में पेड़ के नीचे पढ़वाने से साफ़ मनाकर दिया।

ठीक साढ़े दस बजे तीन जीपों पर सवार पूरा सरकारी अमला स्कूल के सामने उतर पड़ा।

आगे-आगे कलेक्टर और पीछे पीछे दुम हिलाते हुए तहसीलदार, थानेदार, हवलदार, बड़े बाबू, छोटे बाबू, कुछ सिपाही और सबके पीछे खसरा खतौनी लिए हुए पटवारी जी।

त्रिवेदीजी बड़े सहज भाव से पीपल के नीचे कुर्सी डाले बैठे थे और उनके सामने टाट पट्टी पर सात बच्चे अपना सबक़ याद कर रहे थे। लड़कियाँ एक हाथ में किताब पकड़े, दूसरे से सिर खुजला रही थीं और लड़के नाक में अँगुली डालकर गूजी खोद रहे थे।

कलेक्टर के आगमन पर त्रिवेदी जी के साथ साथ बच्चे भी उठ खड़े हुए। कलेक्टर ने पास आकर पूछा – 'आप ही हैं यहाँ के हेडमास्टर श्री दीनानाथ त्रिवेदी?

त्रिवेदीजी कलेक्टर साहब के मुँह से अपना नाम सुनकर गौरवान्वित हो गए – 'जी हाँ, मै ही हूँ।'

'बस सात बच्चे पढ़ते हैं आपके स्कूल में?'

'जी, कोशिश तो बहुत की पर बरसात की वजह से ज्यादा आए ही नहीं।'

आप अपनी कक्षा कमरे के अंदर क्यों नही लेते? कहाँ है वे कमरे जिनके लिए सरकार ने दस लाख ख़र्च किए हैं?

'वे रहे सामने, जहाँ बोर्ड लटक रहा है – राजकीय प्राथमिक पाठशाला'

'क्या आपका स्कूल कोई चिड़ियाघर है जिसे दूर से देखा जाता है, अंदर प्रवेश वर्जित है।'

'जी, प्रवेश तो वर्जित नहीं है, पर पढ़ाई पेड़ के नीचे ही होती है।'

'और कमरो में?'

हेडमास्टर के चुप रहने पर कलेक्टर ने अपना प्रश्न ऊँची आवाज़ में दुहराया – 'मैं पूछता हूं स्कूल के कमरों में क्या होता है?'

'भुस' एक फुस्स सी आवाज़ निकाल दी हेडमास्टर साहब ने।

'क्या मतलब? स्कूल के कमरों में भुसा भरा है? किसका है यह भूसा? किसने भरवाया है इसे?' और बिना जवाब का इंतज़ार किए हुक्म दिया – 'निकालिए चाभी और खुलवाइए कमरे। मैं खुद जांच करूंगा। क्या मज़ाक बना रखा है शिक्षा का।'

'चाभी मेरे पास नही है' त्रिवेदीजी ने इतने धीरे से कहा कि कलेक्टर साहब के अलावा शायद ही कोई सुन पाया हो।

'आपके पास नही है तो फिर किसके पास है? आप नाम बताइए, मैं मँगवाता हूँ।

त्रिवेदीजी ने फिर कोई जवाब नहीं दिया। केवल मुँह टेढ़ा करके और हाथ के पंजे को दोना बनाकर कुछ इस तरह घुमा दिया जिससे पता चले कि वे कुछ नहीं जानते।

कलेक्टर नाराज़ हो गया 'बोलते क्यों नहीं? क्या आप गूँगे है?'

'मैं नहीं बता सकता?' त्रिवेदीजी ने डरते-डरते अपनी जान बचाने की कोशिश की।

'क्यों नही बता सकते? गाँव के सबसे पढ़े लिखे आदमी होकर भी आप जाहिलों जैसी बातें करते है।'

अपने लिए जाहिल शब्द को सुनकर हेडमास्टर साहब तिलमिला गए और हेडमास्टरी पर उतर आए - 'जानता क्यों नहीं, खूब अच्छी तरह से जानता हूॅ। पर आप क्या कर लेगें जानकर?'

'लगता है तुम्हारे दिमाग़ में भी भूसा भर गया है।' कलेक्टर आप से तुम पर आ गए।

'अभी तो दिमाग में ही है, अगर नाम बता दिया तो सारे शरीर में भरवा दिया जाएगा' इस बार त्रिवेदीजी ने असलियत का हल्का सा संकेत दे ही दिया।

'अच्छा यह बात है। तुम डर रहे हो नाम बताने में। लगता है तुम्हें कलेक्टर साहब की ताक़त का अंदाज़ा नहीं है।' इस बार तहसीलदार ने तोप दाग़ी।

'उस ताक़त से क्या फ़ायदा जिसका इस्तेमाल ही न किया जाए। दीनानाथ ने कुछ न कहकर भी बहुत कुछ कह दिया।

'घुमा फिराकर बात सुनने का मैं आदी नही हूँ। मुझे साफ़ साफ़ बताओ कि नाम बताओगे या नहीं'- कलेक्टर ने धमकी दी।

'नाम बता तो दूँ, मगर मेरी एक शर्त है कि, नाम बता देने के बाद आज ही कमरे खाली करवाकर पूरे स्कूल को हमेशा हमेशा के लिए पढ़ाई के लिए खोल दिया जाएगा। त्रिवेदीजी का डर पूरी तरह से समाप्त हो चुका था।

'ठीक है, मुझे तुम्हारी शर्त मंजूर है। नाम और पता एक कागज़ पर लिख कर दे दो।' कलेक्टर खुश हो गया।

हेडमास्टर साहब ने एक सफ़ेद कागज़ पर साफ़-साफ़ बड़े बड़े अक्षरो में नाम और पता लिखकर पर्चा कलेक्टर को दे दिया। पता बहरामाबाद का था।

कलेक्टर ने पर्चा पढ़ा और मुस्कुरा कर उसे तहसीलदार को पकड़ाते हुए हिदायत दी – 'कमरे आज ही ख़ाली करवा दीजिए।'

तहसीलदार ने पर्चा पढ़ा और उसे थानेदार की ओर बढ़ा दिया। थानेदार ने हवलदार को और हवलदार ने पटवारीजी को पर्चा पकड़ाकर हिदायत दुहरा दी। लेकिन इसी बीच एक छोटा सा हादसा हो गया। जैसे ही कलेक्टर और उनका काफ़ला जीपों में सवार होकर वापस चलने को हुआ कि हेडमास्टर दीनानाथ त्रिवेदी के दुबले पतले हाथ बहुत लंबे हो गए और फैलकर सड़क के बीचों-बीच एन कलेक्टर की जीप के सामने प्रकट हो गए। इस समय दीनानाथ त्रिवेदी, दीन नहीं थे, नाथ थे और ऐसा लगने लगा कि जैसे कि तीनों वेदों की ऋचाएँ उनके कंठ से धारा प्रवाह निस्सरित होने लगी हो – 'जब तक स्कूल के कमरों से सारा भूसा और भैसों का तबेला हटा नही दिया जाता, कोई भी जीप यहाँ से हिल नहीं सकती।'

'सामने से हट जाओ, जीप चलने ही वाली है।' तहसीलदार चिल्लाया।

'जीप चल भी जाय तो भी हेडमास्टर नही हिलेगा'

'तो पहिये के नीचे आ जाएगा' थानेदार ने चेतावनी दी।

'पहिये के नीचे तो उसी समय आ गया था जब पर्चे पर नाम लिखकर दे दिया था।'

कलेक्टर साहब बहरामाबाद के बेरहम राजा से अपरिचित थे, नए-नए आए थे, जवानी का जोश था। बूढ़े त्रिवेदी की ललकार से कुछ इस तरह प्रभावित हो गए कि वे जीप से उतर पड़े। पटवारी के हाथ से पता लिखा हुआ पर्चा लेकर दूसरी जीप में बैठे। थानेदार को पकड़ाते हुए हिदायत दी, 'चार सिपाहियों को साथ ले जाओ और इस पते पर जाकर और चाभी लाकर फ़ौरन स्कूल के खोले जाने का इन्तज़ाम करो। चाभी देने में हीले हवाले करे, तो यह लो अरेस्ट वांरट। उसे हथकड़ी डालकर ले आओ, तब तक मैं हेडमास्टर साहब के साथ बैठकर चाय पीता हूँ।

थोड़ी देर में, चाभी आ गयी, स्कूल भी खुल गया। लेकिन अपनी जगह से न भूसा हटाया गया, न भैसें। अपनी जगह से हटाए गए केवल कलेक्टर, तहसीलदार, थानेदार, पटवारी और हेडमास्टर।

(पंकज कुमार)

1

मेहनताना

"मुँह से कहते शर्म आती है बाबूजी, पर गरीब की मजबूरी है, बीमारी के कारण हजूर की सेवा ठीक से नहीं कर सका, पर जरुरत पड़ने पर मेहनताना लेने आ गया।" रामू हाँथ जोड़े, नज़र झुकाए दूर खड़ा था।

"नहीं रामू इसमें तुम्हारा क्या दोष, बीमारी तो किसी को भी हो सकती है। तुम कुछ देर ठहरो मैं पैसे का इंतेज़ाम करता हूँ।" यह कहते हुए रमाकांत अपनी कुर्सी से उठे और अंदर जाने को हुए।

"आप की बहुत मेहरबानी, तब तक मैं चक्की से आटा पिसा के ले आता हूं।" रामू ये बोलता हुआ उनके पीछे हो लिया, बिना काम करे वो अधिक देर नहीं रूक सकता था।

"रहने दो रामू अभी तो तुम्हारी बीमारी पूरी तरह से ठीक नहीं हुई है। कहाँ दस किलो की बोरी उठाओगे?" रमाकांत उसका रास्ता रोक कर खड़े हो गए।

"दस नहीं पांच तो उठा ही लूंगा बाबूजी।" कहता हुआ रामू रास्ता बना कर अंदर जाने लगा।

"बहुत ज़िद्दी हो रामू।" रमाकांत प्यार से बोले और उसके रास्ते से हट गए। हाँफते हुए रामू ने गेहूँ की आधी बोरी अपने सर पर रखी और पास की चक्की को चल दिया। पैसे की व्यवस्था करके रमाकांत थोड़ी देर में बाहर आ कर बैठ गए। रामू को देर लगी तो सोचने लगे बेकार ही में उसे जाने दिया। अभी आटा ख़तम तो नहीं हुआ होगा, कहीं बेचारे को चक्कर वक्कर न आ जाए। थोड़ी देर में रामू मुस्कुराता हुआ आ गया। "बहुत भीड़ थी बाबूजी।"

"ये लो रामू तुम्हारा मेहनताना।" रामू जल्दी से बोरी अंदर रख कर आ गया और हाँथ जोड़ कर रुपए ले लिए।

"और इसे भी रख लो, तुम्हारी बीमारी का कुछ खर्च।"

"बाबूजी आप तो देवता हैं, बिना काम करे ही आप मुझे ज्यादा पैसे दे रहें हैं।"

"नहीं रामू तुम इतने साल से हमारे लिए काम कर रहे हो, हमारा भी तो कुछ फ़र्ज़ बनता है।"

"आप जैसे सोचने वाले लोग कहाँ मिलते हैं आज कल बाबूजी।"

"नहीं रामू मैं भी सबके जैसा ही हूँ। थोड़ा बहुत अपना स्वार्थ सभी देखते हैं, मैं भी देखता हूं। यह पैसे मैं अपने स्वार्थ से ही दे रहा हूँ।"

"मैं तो मूरख, अनपढ़, आप की बातें मुझे कहाँ समझ आनेवाली हैं।"

"समझ क्यों नहीं आएंगी, तुम तो सच्चे इंसान हो, सीधी सच्ची बातें आसानी से समझ लोगे। रामु बड़ी बड़ी आंखों से उन्हें ऐसे देख रहा था जैसे उन्हें पहली बार देख रहा हो। उसे तो यह भी समझ नहीं आ रहा था कि बाबूजी उससे ऐसी बातें क्यों कर रहें हैं। पर रमाकांत आज बोलने के मूड में थे, सो बोले जा रहे थे।" हम सब भगवान् से प्रार्थना करतें हैं की हमें सुख और शांति दे। मैं भी मंदिर जा कर यही माँगता था, वहाँ मुझे शांति तो मिलती थी पर सुख नहीं, इसलिए मैंने वहां जाना छोड़ दिया। रमाकांत एक पल रुके फिर आगे बोले, "जीवन अध्ययन ने मुझे इस सच से अवगत कराया कि परमात्मा का वास तो कण कण मैं है, तुम्हारे अंदर भी। मैं तुम्हारे अंदर छुपे परमात्मा का आह्वान करता हूँ और उससे प्रार्थना करता हूँ कि मुझे इस संसार से बिना कष्ट के मुक्ति प्रदान करे। मुझे कुछ और नहीं चाहिए। इस लिए अपने स्वार्थ से ही मैं तुम्हारी मदद करना चाहता हूँ।" रमाकांत

समझ रहे थे कि रामू कुछ नहीं समझ रहा है, पर वो बोलते रहे। फिर धीरे से मुस्कुरा कर उन्हों ने हाँथ जोड़ लिए।

"मैं आप की बातें समझना नहीं चाहता, मुझे तो आप का स्नेह प्रिय है। अब मुझे आज्ञा दीजिये बाबूजी।" रामकांत ने सर हिला कर उसे जाने की अनुमति दी।

रामू चला गया। रमाकांत उसके और अपने वार्तालाप से आनंदित होते रहे।

अभी कल की ही बात है, उनके सोलह साल के बेटे ने फरमाइश कर दी, "पापा मेरे दोस्त कह रहे थे मैंने जन्मदिन की दावत नहीं दी।" इशारा काफी था, रमाकांत ने जेब से पाँच सौ का नोट निकाल कर उसकी तरफ बढ़ा दिया। लड़के ने देखा पर लिया नहीं, उसकी

हिचक का मतलब वो खूब समझते थे। उनहोंने एक और पाँच सौ का नोट उसमें जोड़ दिया। बेटे ने धीरे से दोनों नोट उनके हाँथ से ले लिए और कहता हुआ निकल गया, "चलिए ठीक है।"

उसी गड्डी का एक नोट आज रमाकांत ने रामू को उसकी बीमारी के लिए दिया था। नोट नोट में कितना फासला था। वो जानते थे रामू वाला नोट दस जगह काम आएगा। सौ रुपए की दवाई, डेढ़ सौ का राशन, कुछ घर का सामान, बाकि पुरानी चीज़ों की मरम्मत, जिसमें जूता,साईकिल, चश्मा और भी बहुत कुछ। बेटे के वो दो नोट कॉफ़ी कैफ़े डे में आइसक्रीम और पेस्ट्री में भी पूरे नहीं पड़ेंगे।

काश हर नोट अपनी कीमत सही से वसूल पाता!

2

कही अनकही

जैसे किसी मूर्तिकार ने एक शिला को काट कर करुणा का साक्षात् रूप गढ़ दिया हो। पत्थर की प्रतिमा बन कर धरती से जड़ गई थी वो। पथराए चेहरे में धंसी उदास आँखों से निकली नदी के अवशेष, सफ़ेद पिचके गालों पर सूखी लकीर बन कर रह गए थे। सर पर रूखे बाल संध्या की पलटती हवा में उड़ने को बाध्य नहीं थे।

करुणा का यह रूप हृदय को भेद रहा था।

वृक्ष मुरझा रहा था, न पत्ती, न फूल, न फल, न उगने की चाह और न ही कोई आस। पर छाल के भीतर नमी थी, जड़ें अभी शेष थीं।

जीवित होने का एहसास आसुओं की नमी मात्र से होता था।

इस पत्थर की मूर्ति का हृदय भी क्या पत्थर का हो गया था? श्वास तो चल रहीं थीं परन्तु हृदय में टीस बची थी अथवा नहीं? आंधी के वेग से तार तार हो कर वो शुन्य तो नहीं हो गया। 'तुम्हारी यह दशा कैसे हो गई? तुम दुःख में पूर्ण व्याप्त हो माते'!

'मैं दुखी नहीं हूँ, मैं तो हूँ ही नहीं'।

उसकी व्यथा के सामने यह प्रश्न तुच्छ था। पर इतना निरर्थक प्रश्न भी उससे पूछने वाला कोई नहीं था।

उसके हृदय की पीड़ा अनुभव करने वाला कौन था? उसकी चीत्कार सुनने वाला कौन था?

उसके मस्तिष्क की नसें फट रहीं थीं, पूरी देह निढाल हो रही थी। घोर प्रयास करने पर ही साँस चल पा रही थीं। प्रतीत होता था मृत्यु द्वार पर खड़ी है।

'तुम्हारा यह हाल किसने किया माते?'

यह प्रश्न अनुचित नहीं था, इस का उत्तर सृष्टि के उस सच में निमित था जो हर माँ के हृदय में व्याप्त होता है। पुत्र प्रेम - जिसके बिना माँ है ही नहीं।

यही माँ का गुण है और यही अवगुण।

"माँ मुझे दर्द हो रहा है।" दस साल के बालक को असहनीय पीड़ा हो रही थी, कांच के टुकड़े उसके हाँथ पाँव में बुरी तरह चुभे हुए थे और उसे लहू - लुहान कर रहे थे। पूरा तन बदन खून से लथ पथ था।

बेटे की यह दशा देख कर माँ भयभीत हो गई थी, हाँथ पैर काँपने लगे थे। चहेरा क्रोध से लाल हो गया था। भय स्वाभिक था पर क्रोध क्यों?

शायद इस लिए कि बेटे ने अपना यह हाल बना कर, उसे भयभीत कर दिया था।

पर वो तो माँ थी, उसमें तो धैर्य और संवेदना होनी चाहिए थी, भय और क्रोध नहीं। काँपते हाँथों से उसने चुभे हुये कांच के टुकड़े एक एक कर के निकाले। कांच उसके हाँथों को लहू - लुहान करता रहा पर वो न रुकी जब तक सारे घाव कांच मुक्त नहीं हो गए। हल्दी का लेप करके उसने बहते हुये रक्त को रोका और बेटे की पीड़ा दूर करी।

आज वही बेटा किसी अँधेरी कोठरी में, असहनीय पीड़ा झेल रहा है और वो उसका दर्द मिटाने में असमर्थ है। यह कैसी असमर्थता है। समय जिस गति से बढ़ता है माँ के लिए बेटा उस गति से तो बड़ा नहीं हो जाता। सारे संसार के लिए वो बाईस साल का भले हो गया हो पर उसके लिए तो एक बालक ही था। दर्द तो उसको अभी भी उतना ही होता होगा। मन की वेदना हृदय को छलनी कर रही थी। कैसा होगा उसका बालक?

'क्यों नहीं वो निर्दोष हो सकता? वो सोचती, हाँ हो सकता है। शायद वो निर्दोष ही हो? उसने किसी को नहीं मारा। वो किसी को मार ही नहीं सकता। अगर अनजाने में उसके हाँथों किसी की मृत्यु हो भी गयी हो, तो

ये क्यों नहीं हो सकता की कोई सबूत न हो। अगर सबूत हो भी तो किसी को मिले ही नहीं। हाँ ये तो हो सकता है की सबूत मिलने से पहले ही मिट जाएँ। पुलिस के हाँथों ही मिट जाएँ, जैसा कभी कभी होता है। और अगर प्रमाण मिल भी जाएँ तो न्यायधीश इतना दयालु हो की वो उसे माफ़ कर दे। हाँ ऐसा हो सकता है, बिलकुल हो सकता है '। उस निर्जीव अवस्था में भी सैकड़ों प्रश्न उसके मस्तिष्क में दस्तक देते रहते। सांसें केवल इसी आशा से चल रहीं थीं कि रघु निर्दोष है, सब ढीक हो जाएगा।

रघु उसका इकलौता पुत्र था।

मात्र सत्रह साल का था जब घर छोड़ कर ऊँची शिक्षा के लिए दूसरे शहर को निकला था। कितना बड़ा विद्यालय था, कितना नामी, कितना प्रशंसनीय। सब कितने प्रसन्न थे, रघु भी। कुछ विचलित अवश्य था, माँ से बिछड़ते हुए। किन्तु नई सम्भावनों से उत्साहित उसका किशोर मन आकाश में उड़ने लगा था। दूसरी छोर पर खड़ी स्वतंत्रता का आभास उसके मन को प्रफुल्लित कर रहा था।

समय तीर्व गति से बढ़ता रहा और रघु को भी अपने साथ उड़ाता रहा। ऊँचा और भी ऊँचा। इतना ऊँचा कि उसे अपना गाँव एक प्रखर बिंदु मात्र दिखने लगा था। इतना छोटा कि अब उसे वहाँ अपना कुछ दिखता ही नहीं था। अब उसका वह उत्साह लुप्त हो गया था जो पहली बार घर जाने पर हुआ था। उसे किसी की बातें अब लुभाती नहीं थीं, माँ भी कैसे कैसे प्रश्न करने लगी थी। उन प्रश्नों के उत्तर उसके पास नहीं होते थे, होते भी थे तो उन्हें बताने में उसकी कोई रूचि नहीं होती थी। कितनी दूर चला आया था वो इन तीन सालों में। माँ यह समझने लगी थी।

कैसा बुझा बुझा सा था पिछली बार जब गाँव आया था एक साल पहले। किसी से बोलता भी नहीं था। लोगों से मिलने जुलने से कतराता था। उसके बाद तो आया ही नहीं। हर माह सन्देशा आ जाता था 'अभी नहीं आ पाउँगा'। माँ का हृदय अनगिनत आशंकाओं से घिरता जाता। पिता को भेजा, पर पुत्र से न मिल पाये, दोस्तों ने कुछ बहाना बना दिया । दोबारा गये तो पता चला रघु बुरी संगत में पड़ रहा है। जबरदस्ती घर लाए, बहुत समझाया, कसम खिलवाई, दवा भी दिलवाई। अधिक समझाने से हठ और बढ़ जाती है। अधिक दबाव डालने से कुछ उल्टा होने का भी डर लगता

था। असमंजस की स्तिथि बनी रहती, सुधरने का नाम नहीं लेती थी। माँ के पास आंसू बहाने के सिवाय कोई विकल्प नहीं था।

माँ हर पल ईश्वर से प्रार्थना करती अपने बच्चे की कुशलता के लिए। हर खटके से डरती, कोई अशुभ तो नहीं होने वाला है।

और एक दिन अशुभ हो ही गया। समाचार आया, पुलिस ने रघु को पकड़ लिया है। आरोप संगीन थे। इतने संगीन की पैरों के नीचे से धरती निकल गई।

खून का आरोप था।

यह कैसे हुआ? यह सच नहीं हो सकता। इतना बड़ा आरोप।

जब पाँव दलदल में पड़ जाते हैं तो कुछ भी हो सकता है, दलदल स्वयं मनुष्य को अपने अंदर खींच लेता है।

जुआ, नशा, लूट- मार, यह दलदल ही तो था। जिसमें से निकलना संभव नहीं होता।

एक स्थिति से दूसरी स्तिथि, बात बिगड़ते देर नहीं लगी। जानवर बन गए थे सब। रघु भी सबके साथ पिस गया। बेचारा नासमझ रघु, दलदल में सबसे नीचे धंस गया, सब उसके कन्धों पर पाँव रख कर निकल गए।

माँ टूट गई। उसका रघु खूनी? यह संभव नहीं था। माँ की आंखों में अँधेरा छा गया। अँधेरे में दस साल का रघु रो रो कर कह रहा था, 'माँ दर्द हो रहा है'। पर इस बार उसके हाँथ खुद लहू-लुहान थे। यह सच नहीं है, रघु निर्दोष है, यह माँ का हृदय चीख-चीख कर कह रहा था। पर प्रमाण तो कुछ और ही कह रहे थे, हर सबूत रघु के खिलाफ था। उसी के उँगलियों के निशान थे हथियार पर, सब ने उसे ही खून करते देखा था।

छह माह में ही फैसला हो गया। फांसी की सजा हो गई रघु को।

हाँ फांसी की सजा। एक के बाद एक सभी अदालतों का यही फैसला आया।

माँ पत्थर की मूर्ति बन गई, उसकी पथराई आँखें रो रो कर सूख गईं। केवल हृदय में उठती पीड़ा ही जीवित होने का अहसास दिलाती।

क्यों नहीं वो निर्दोष हो सकता? कैसे कर सकता है वो किसी का खून?

कहाँ होगा वो? किस हाल में होगा? किसे कहेगा की माँ मुझे दर्द हो रहा है?

माँ डूब रही थी। हृदय तार तार हो गया था, और वो मर रही थी।

किन्तु वो मर भी नहीं सकती थी। मर जाएगी तो रघु का क्या होगा? अभी तो वो जीवित है, मृत्यु का डर कितना भयानक होगा। प्रतदिन मरता होगा मृत्यु के इंतज़ार में। उसे डर नहीं लगता क्या? उसके पास क्यों नहीं आ जाता? वो उसे अपने आंचल में छुपा लेगी। कैसे आये वो उसके पास, क्यों आने देगा कोई उसे?

रघु नहीं आ सकता। और न ही वो माँ को आने देना चाहता है अपने पास। पिता उससे मिलने गए थे जेल में। कुछ नहीं बोला वो, रोया भी नहीं। केवल सर हिला कर प्रश्नो के उत्तर देता रहा। माँ से मिलने को मना करता रहा। कितना निर्दयी हो गया है रघु का हृदय। ये रघु तो नहीं लगता। पहली नज़र में उसे देख कर काँप उठे थे पिता, भावहीन कठोर चेहरा, काले साये से घिरी, धसीं हुई लाल पथराई आँखें। अजनबी सा व्यवहार, मुख पर एक प्रचंड क्रूरता का लेप। नहीं ये रघु बिलकुल नहीं लगता। पर वो रघु ही था। माँ ने बेटे की व्यथा जाननी चाही तो संक्षिप्त में बता दिया' ठीक है, कुछ दुबला हो गया है'।

पर कब तक मन की व्यथा छुपती, धीरे-धीरे सब कुछ बाहर आ गया।

माँ जड़मूल हो गई। आंसू ही नहीं, रक्त भी सूख गया। केवल रूह काँप रही थी।

आशंकाओं से भी गहरे घाव थे। सभी संभावनाएं समाप्त प्रतीत होती थीं। कल्पनाओं के द्वार बंद हो चुके थे।

रघु माँ से मिलना नहीं चाहता?

मर जाएगी वो, अब क्या रह गया था जीवन में।

रघु की आँखों के सूखे हुए आंसू उसे मरने नहीं देते थे।

रघु से मिलना ही होगा उसे, क्या मिल पाएगी वो उससे?

एक अँधेरा था सब ओर, उस अँधेरे में केवल रघु की रुकी हुई सीसकियों की आवाज़ कानों में गूंज रही थी। एक भयानक चीख उसके हृदय को चीरती हुई निकली, जिसे कोई सुन न सका और वो मूर्छित हो कर धरती पर गिर पड़ी।

मृत्यु और मृत्यु का भय रघु के लिए प्रतदिन होने वाली एक दिनचर्या बन गई थी। कई दिन तक तो वो सुबह से रात तक काँपा था इस भय से। पर अब कंपकंपी पहले से बहुत काम हो गई थी। भय से अब उतना भय नहीं लगता था उसे।

कितने सारे घाव थे, किस किस को रोये और सहलाए। अपने दिए घाव के सामने दूसरों के दिए घाव बहुत छोटे थे।

हाँ वो दोषी था, उसने अपराध किया था, उसे अपने किये का दंड मिल गया। उसे ये दंड भोगना ही होगा। धीरे-धीरे उसके मन से भय दूर होता जा रहा था।

किन्तु क्या दंड केवल उसको ही मिला है?

यह कैसा न्याय है? अपराध कोई करे और दंड किसी और को मिले।

और उस अन्याय की कोई सुनवाई नहीं!

न कोई सबूत, न जिरह, न कोई गवाह, न सफाई, न कोई सुनवाई।

केवल दंड।

क्या कसूर था माँ का जो मृत्यु से भी घोर दंड मिला था उसे। अगर उस दिन ही मर जाता किसी के हाँथों तो माँ रोती, बिलखती पर भाग्य के सामने झुक जाती। माँ को यह मानना पड़ता की भाग्य में उसका जीवन इतना ही लिखा था। इतने दिन वो जीवित रही इस यकीन पे की शायद बेटा निर्दोष घोषित हो जाए। पर अब वो आस ख़तम हो गई, अब तो केवल दंड भोगने का इंतज़ार ही करना है उसे।

क्या उसकी सूरत माँ की आँखों के सामने से हटती होगी? फांसी का फंदा उसके गले में क्या माँ को न दीखता होगा? माँ की असह्यनीता, उसके आंसू, उसकी छटपटाहट उसे अपनी मृत्यु से भी अधिक भयावने लगते थे। क्यों नहीं वो अकेला हो सकता, सबसे दूर, अपनी परछाईं से भी दूर, ताकि वो चैन से मर सके, बेख़ौफ़।

वो छुप के रोता था, आंसुओं की झड़ी रूकती ही नहीं थी। डूबता जाता, घुटता जाता, मिटता जाता। आंसुओं का अंत ही नहीं था। साहस नहीं था अपने आंसू बाँटने का उसमे। अपनी भीगी पलकें दिखा कर अपना दुःख बाँट नहीं सकता था वो। अपने आप ही डूबना होगा उसे अपने आंसुओं

में। माँ को तो कदाचित नहीं दिखाएगा अपने आंसू। कैसे बर्दाश्त करेगी वो उन्हें।

वो खूनी नहीं था, यद्यपि उसके हाँथों खून अवश्य हुआ था। वो कैसी घड़ी थी जब ये अनर्थ हो गया? उसकी आत्मा उसे धिक्कारती थी। एक बार उसे मौका मिल जाए तो वो सब कुछ बदल देगा, सब कुछ ढीक कर देगा। 'क्योंकि माँ मैं तेरा ही रघु हूँ जैसा तूने मुझे बनाया, मैं खूनी कैसे हो सकता हूँ? पल भर का भ्रम था जिसने मुझे क्या बना दिया, उस अँधेरे को मैं समझ नहीं पाया, उस अँधेरे को मैं छांटना चाहता हूँ। पर ऐसा कुछ हो नहीं सकता, करनी को कैसे मिटा सकता है कोई, मुझे अपना दंड स्वीकारना ही होगा, भोगना ही होगा। पर अपनी सज़ा में मैं तुझे भागीदार नहीं बनने दूंगा माँ।

माँ मैं जनता हूँ मेरा दर्द, मेरे आंसू तुझे जीने नहीं देंगे। मैं अपना दर्द तुझसे अलग कर डालूँगा, अपने आंसू पी जाऊँगा चाहे कितने ज़हरीले हों। मैं खुद को मार डालूँगा। नहीं नहीं, मैं आत्महत्या नहीं करूँगा। मैं अपने आप को वैसा ही बनाऊँगा जैसा अपराध मुझसे हुआ है। कितना बड़ा अपराध हुआ है मुझसे। मैं अपने अंदर के इंसान का गला घोंट डालूँगा और एक अपराधी जैसा बन जाऊँगा। ताकि लोग मुझसे नफरत करने लगें। कोई मुझ पर दया नहीं करे। तू भी नहीं। कोई मेरी मृत्यु का पछतावा न करे। सब कहें इसका यही होना चाहिए था। इसने जैसा किया वैसा भरा। मैं एक घृणा का पात्र बन जाऊँगा।

माँ मैं अपनी आँखों में क्रूरता भर लूँगा, अपने चेहरे पर घृणा का लेप लगा लूंगा, हृदय को कठोर बना लूंगा। अपने होंठों पर निर्दयता की हँसी छाप लूंगा। जब भी बोल निकलेंगे तो जिह्या केवल विष उगलेगी। कोई भी असली रघु को पहचान नहीं पाएगा। माँ तू भी नहीं।

हाँ माँ मैं ऐसा ही बनूँगा।

मैं ऐसा ही बनूँगा माँ, ताकि तू मुझे अपनी ज़िन्दगी से निकाल दे। तेरा दर्द कुछ कम हो जाए। तू मेरी मृत्यु बर्दाश्त कर पाए। हाँ माँ इसके सिवाए मुझे कोई रास्ता नहीं दीखता। तेरा रघु हर दिन, पल पल मरेगा ताकि तू थोड़ा बहुत जी सके। इतना तो मैं कर ही सकता हूँ अपनी माँ के लिए।

पर यह सब तुझे बता नहीं सकता।

तुझे दिखा भी नहीं सकता। तू देखेगी तो मेरा छल क्षण भर में जान लेगी। मैं तेरे हाँथों पकड़ा नहीं जाना चाहता माँ। मुझे अपने जीवन का अंधकार बढ़ाना होगा और उसी में लुप्त हो जाना होगा। हाँ माँ, उसी में लुप्त हो जाना होगा'।

••• समाप्त •••